孤絶

Kojiro SeriZawa

芹沢光治良

P+D BOOKS
小学館

目次

××先生

今度父の遺品を整理しておりまして、思いがけず、父の手記を発見いたしました。父が中年にして文学者たろうと志して、ついにその希望を果し得ずに亡くなりましたことは、いつかお話し申し上げたことがございますが、やはり手記を秘かに書いていたのでしょうか、私はこれを発見しまして、驚いたり、感動したり、喜んだりするとともに、父の心をあれこれ想像して、感慨深く、襟を正しました。父の遺稿が希望の書のような気もして読んでみましたが、識らなかった父の生活や精神の歴史がつづられているようでもあり、性格の弱い父が自己弁護や愚痴を自分の心に言っているようでもあり、私にはよく分りませんので、先生に是非読んでいただきたいと存じます。手記は「孤絶」「離愁」「故国」と三篇ありますが、先生のお時間を妨げてはいけませんので、「孤絶」と題した一篇だけお送り申します。

この中に描かれた母は歪められて、娘の私には、真実の母のように思われませんが、父にはこんな風な母であったのでしょうか、悲しゅうございます。その母が只今も生きておりますれば、とても先生にこの手記をお目にかける気持にはなりませんでしょう。それにしても、この手記が文学作品として価値があろうと考えて、先生にお送りするものでは毛頭ございません。折角書き綴った父の心情を想いますと、先生にたった一人の読者になっていただけたらと、父をあわれんでお願いするものでございます。お目どおし願えれば幸福でございます。

○○子

第一章

……私は中年にして、文学を志して、努力はしたが、今日なお一つの作品をも持たない。いろいろ試みて、書きはしたが、成功しない。この精進は、それ自身に価値があるので、無駄なことではなかろうという確信はあるが、やはり淋しいことだ。この失敗も、物語を書こうとしたり、自分の外に心を奪われすぎたりしたところに原因がありそうに思われる。もう一度自己を反省して、懺悔するつもりで自分を筆にのせて、じっくり検討してみたい。それでなければ、だいそれたことに、人間を書くといって他人のことをもっともらしく書いたからとて、真実が描けないのは当然なことである。

さて、自分を筆にのせるとしても、文学を志した日にさかのぼって反省しなければ、その目的は達せられないであろう。高等学校の学生であった若い日、文学に志したこともあるが、それは夢であり憧憬であって、やがて、世の中に裨益する人間になりたいという当時の大学生らしい理想に憑かれて、官吏の道を選んでしまった。数年後、ヨーロッパに渡って、生涯の転機にあい、再び青春の夢を実現しようという風な生き方を選ぶことになったが、その時にさかのぼるべきであろう。

思えば、フランスに渡って四年ばかりは、フランスの社会状態も騒然として落着かず、私の生活も生活というより、旅行の継続のようなものであって、旅行記として書くべきことであろう。しかし、外国生活のうち生涯の転機になったことを中心に書こうとしても、その転機が外国生活のうちどこに発したか、審らかではない。旅行が終って生活がはじまったというようなけじめは、実生活のなかには瞭らかではない。

四年かかって漸く研究論文を書き終り、第一回の研究報告をする頃から書きはじめようと思う。この研究報告を終れば、私はフランスを引上げて、最後にヨーロッパ諸国を見物して帰国する計画であったが、この計画が実現できない事情が生じて、フランスにとどまらなければならなかった。そして、その後のフランスの生活は、それまでとちがった心構えができていたようであった。

＊

……それは、その年（一九二九年）のシミアン博士の最後の講義の折であった。聴講生は、博士の門弟で、同時に社会学年鑑の若い協力者ラバスール君、ディジョン大学出のメルシエ君、ルーマニア大学のR助教授夫妻に、私の五人しかなかった。

博士の講義は週二回、三時から五時まであるが、講義というよりも研究室らしい演習で、聴講生はめいめい研究題目を持って、毎回博士の講義の前に一時間ばかり、その研究の報告をして、博士の指示を仰ぎ、他の聴講生の批判をもとめることになっていた。それが終って、博士は自ら研究中である「賃銀の変遷より見たるフランス経済史」という講義をするのであった。

この講義は、経済学は如何に研究すべきかを知るにも、デュルケーム学派の方法論を知るにも、最も便利であり、有益でもあるが、それを理解するには、デュルケームの社会学について深い予備知識を必要とした。又、博士のフランス語があまりみごとなスタイルのために、外国人である私には難解で、講義のない日も、朝からソルボンヌ大学へ出掛けて、大学院の付属研究室で熱心に準備しても、聴講三年目にして漸くその真価を汲めたほどであった。

私がこの社会学者で同時に統計学者であるシミアン博士の研究室にはいったのは、東京帝大に学んでいた頃、糸井助教授から勧められたからであるが、その後、経済学者のシャルル・ジードに会った時にも、オランダの学者コルネリッサン博士に親しくなった時にも、二人とも、口をそろえて、

「それはよい学者を選んだ、フランスで最も興味をもてる経済学者だ。しかし、外国人には多少難解かも知れないが、シミアン博士の講義は聴けば聴くほど滋味あふるるものがあるから我慢して、パリにいる間は何年でも聴講するように」

と、忠告した。

実際、フランスの大学生にも難解な講義らしく、私がシミアン博士のもとで勉強していることを知ると、大抵の学生はそれだけで私を尊敬したし、毎学期私達五人の他に、新しい聴講生

が数人加わったが、いつも五、六週間たたないうちに、一人へり二人へりして、もとの五人になってしまった。博士も五人を相手に教授することを楽しんでおられた。（尤も毎土曜の晩、労働研究所で「賃銀と労働」という講演をしておられたが、その時は雑多な聴衆が講堂にあふれて、そのニュアンスの多い講義に魅了されていた）

或る時、ソルボンヌ大学でよく見受けるような一人の女子大生が、大きい鞄を抱えて紛れこんだように聴講したことがある。講義の前と後に、博士は聴講生に一人々々握手して言葉をかける習慣であるが、その時も講義が終ると、人の好い微笑をたたえて握手しながら、

「マドモアゼル、私の講義に興味を覚えましたか」

と、励ますように話した。

女子大生は狼狽して、

「え、私は統計学に興味を持っておりますから」

と、顔を赤くした。

博士がフランス第一の統計学者であるから、その女子大生がそう答えたのも道理であるが、博士の講義が若い娘に興味を与えるものでないことを知る私達は、帰途、次の講義にその娘が出席するかどうか、みんなで戯れに賭をした。R助教授夫人だけは娘が出席すると主張したが、結局次の講義の日になって賭に負けて、ああ女を観ること男に如かずですかと、笑いあったことがある。

……私は「欧州大戦を中心としたフランスの貨幣問題」という研究題目を選んでいたが、最初の一年間は、言葉の関係などで研究報告もせずに、ただ聴講するだけで満足し、博士もそれを許していたが、二年目からは資料や研究方法などについて指示をうけて、少しずつ報告もして批判を乞い、三年目には論文も大体完成に近づいて、恰度その最後の講義の折には、第一章をタイプにうって、博士と四人の同僚に予め分ち、二時間通して説明したり、博士や同僚の質問に答えたりした。

博士は前からその論文を学位論文にするように激励してくれたが、その第一章には大変満足して、残りの部分もできれば冬の休暇中に、フランス語も完成してタイプにうってしまうようにと勧めた。そうすれば、一九三〇年のはじめには、すっかり同僚の前に公表できるばかりでなく、帰国する土産に学位もとれるであろうし、帰朝前の二、三カ月間に日本の貨幣について小さい研究をして、フランスの同僚へ置土産もできるからと、楽しそうに注意した。

私の発表に時間がとられて、博士の講義の時間がなくなったが、博士は却って喜んで、「本年の最後の講義に、ムッシュ××が多年倦まざる研鑽の結果、言葉の困難を克服して、立派な研究の一端をフランス語で発表したことを、氏の同僚とともに祝福して、本年の講義を閉じることにしましょうか。諸君もよい年を迎え、新たなる気持でこの研究室で再会することをたのしんで、暫くお別れすることにしましょう」

と、茶色の髭をなでながら、いつものように穏やかに微笑していた。そして、R夫人から次々に別れの握手をした。

R助教授夫妻はその日の夜行でルーマニアに帰るし、ラバスール君は二、三日中に南の別荘へ行く筈であり、メルシエ君もディジョンの我が家で正月を迎えるが、博士はパリにとどまると言っていた。

私達はいつも博士について研究室を出て、サン・ミッシェル街を地下鉄の乗場の方へ下って行く。その日も、みんなでソルボンヌ広場へ出たが、まだ五時一寸過ぎたばかりなのに、朝から垂れこめていた空が、いつの間にか濃霧にとざされて、とっぷり暮れていた。これで一カ月近く会えないということが、私達の歩みをにぶらせた。

その二日前に、私がソルボンヌ大学で聴講している社会学のブグレ教授の教室では、最後の講義が終ると、若い男女の大学生は暫くの別離を惜しんで、教室のあちらこちらで接吻し合ったり、教授にも記念の写真にはいって欲しいと頼んだりして、なかなかの賑わいであった。教授も講義が終ってから、暫く壇を下らずに、若い学生達を眺めていたが、前学年の試験の答案を思い出したらしく、数人の学生の名を呼んで一人々々に勉強法について注意した。その最後に、支那の女子学生チェン嬢を目で探しながら言った。

「あなたはデュルケームの社会分業論のうち、性による社会分業は真実ではない、男と女とは性の別はあっても、社会的な任務がそれによって異なるべきではない、そう激しく反駁していましたが、あなたは若いからそう考えるので、もっと人生の経験を積まれれば、必ずあなたの女性観や、性に対するお考えも変るでしょうし、デュルケームの考えをもほんとうに摑めますよ。社会分業論にしても、デュルケームだけでなく、プルードンのような経済学者のもの、オーギュスト・コントのような哲学者のものをも読んでごらんなさい。それからデュルケームの分業論についても、あの社会分業論を一冊読んだだけで批判してはいけません。例えば彼の労作、教育論、原始宗教論をよく研究して、分業論を考えてみなくては。分業の前に、社会には連帯が存在することをあれほど力説しているところに、あの社会分業論の主張に価値があるのですから、この休暇中にみっちり教育論を読んでごらんなさい」

日本人形のような髪をしたチェン嬢は立って、甲高い声で弁解しはじめたが、その時にはみんなが教壇の前へなだれて、オーギュスト・コントの銅像前で、記念の写真をとりたいと教授に頼んだ。教授はチェン嬢に説明しながら教室から広場の方へ出て、言われるままに銅像前に立ったが、四十人ばかりの男女学生も教授の周囲に集まった。

私はブグレ教授の講義を聴いてはいるが、熱心ではなくて、試験も受けていない状態であるから、その仲間に加わることを躊躇しながら帰りかけた。すると教授は、

「ムッシュ××、いそいでいますか、どうです、写真に加わりませんか」

と、声をかけて教授の横に席をつくって、「此処、此処」と手招いた。

私は教授がわが名を知っていることに驚いて、シミアン博士とは反対に肥って、堂々たる体

躯の老教授の横に、痩せた矮躯をならべた。微かな日光の中で、カメラマンや学生は光を気にしながら幾枚もとってから、解散した。教授はその間、近くの学生に冗談を言っていたが、いよいよ私が別れようとすると、私の手を握って、

「今度の社会学年鑑の会に出ませんか、シミアン教授にも話しておきますから」

と、親しく話しかけた。

その会はデュルケーム学派の重鎮、ブグレ、フォーコンネ、シミアン等の教授を中心に、多くの社会学者が集まるのであるが、その盛大な模様は、かねてラバスール君から聞いたことがあり、帰国前に一回出席できたらと思っていたので、ブグレ教授の簡単な招待を、意外なこととして喜んだ。

……そのことを、サン・ミッシェル街を歩きながら、シミアン博士に話そうと思ったが、博士はブグレ教授と反対に、開放的ではないし、いずれラバスール君に相談してからと、躊躇した。

私達はいつもの通り博士を見送るように地下鉄の入口へ行って、別れてしまうのが、その夜は物足りなかった。僅か四人ではあり、ブグレ教授の最後の講義のように、親しい別れ方ができないものだろうかと考えて、私はラバスール君に話してみた。ラバスール君はうなずいて、メルシエ君と話している博士に、

「先生、アペリチーフでもいただきませんか」

と、誘った。

「それは賛成だが、諸君もどうか」

と、先生は細い目に微笑をたたえて、私の方を見た。

私達はラバスール君の案内に従って、医科大学横の、あまり外国人のいない小さいキャフェへ行った。そして、通りに面してストーブに近い隅に席を占めたが、メルシエ君は博士との途上の会話の結論らしく、坐りながら、

「フランが下落して、こんなに物価が騰貴して、必要な古書なども目のとびでるほど高くなっては、我々の手にはいりませんし、もう真面目に学問もできません。富豪でなければ学問ができないようなことになっては、一国の文化も衰退するばかりです」

と、溜息した。

その言葉で、博士は困ったように、黙って外套のボタンを外して、煙草を取り出した。というのは、メルシエ君は意識しなくても、その言葉には金利で贅沢に暮していられる富豪のラバスール君と、フランの下落で不当に利している私を、軽く刺す棘があった。

メルシエ君はディジョン大学を出たが、ノルマリヤン（高等師範出）でないために、希望通りの教職につけずに、講座をもてる機会を待つ間、博士のもとで研鑽をはげんでいるが、かなり生活には窮していた。それ故、メルシエ君も自然な気持で言ったわが言葉にはっとして、て

れかくしに、キャフェの入口の方へ、焼栗を買いに行った。形の崩れた外套や帽子にも生活苦がしみ出ていたが、親しい人々の間でも、自然な言葉がぶつかり合うような悲しい時代になった、というような淋しげな後姿であった。

ラバスール君は元気に四つの杯に洋酒を注がせ、メルシエ君も焼栗を卓上において、お互いの健康を祝しあった。博士は満足そうに杯を両掌にはさんで洋酒を暖めながら、ちびりちびり飲んでおられたが、私も苦にしていた研究の第一回報告を終った軽い疲労と充ちたりた気持で、暫くぼんやり外を眺めていた。濃霧のなかをせわしく行きかう人々が影絵のように、出たり消えたりした。フランの高低の甚だしく不安な年も、漸く暮れようとしていると、街全体が重い吐息をしているように見えた。

「××君、さっきもお話したように、論文のフランス語は早く完成し給えよ。それから日本へ帰る前に、貨幣を中心に日本の経済史を、是非私達に話して下さい。私はそれをたのしみにしていますよ」

博士がそう言うと、ラバスール君も激励するので、私も必ずやってみるからと答えざるを得なかった。

東京から友人の下出準吉君が、必要な資料をまとめて送ってくれたから、立派な研究は短日月で望めなくても、同僚を満足させる程度には発表できそうな自信もあった。ただ、教授はじめ、日本人であるからとて特殊な研究をもとめるが、私はフランス人と同じ題目を選んで特殊な条件なしに能力を認めさせたというような、淡い自己満足とともに、やはり日本人には日本を研究題目として選ぶように勧める外国人の僻見に、多少不快な疑惑を抱いた。

ラバスール君は、日本経済史の方を早く聞きたいから、そのためには最初の論文のフランス訳を急ぐ必要があろうし、その休暇をカンヌの別荘へともに行って過そうと、親切に申し出た。有色人種を家庭に迎えることは、経済的な理由でもない限り、自由、平等、博愛を信条とするフランス人も、一種の恥辱のように感じているので、ラバスール君の申し出は、いくら感謝しても足りないことであり、シミアン博士もラバスール君の友情に感動して、大きくうなずいてみせた。

「遠慮はいらんよ。食事以外の時は自由にしておくから、勉強するなり、遊ぶなり、必要とあれば、僕もフランス語の訂正を手伝ってもよし……それに、君はこの半年ばかり顔色もよくないし、南の太陽にあたって、健康にも留意しなければいけない、ね、先生」

ラバスール君は、私が遠慮しているものと察して、博士の力をかりて承諾させようとした。私は自分一人ならば喜んでラバスール君と休暇を過したかった。しかし、妻がいる、その妻はお産前であるが、お産前だとはっきり言うのは、習慣上ためらった。

ラバスール君は、

「奥さんがパリにおられるとは知らないで、失礼した、それなら二人で来ない？　僕も奥さんにお近づきになるのを光栄に思うが、僕の母がそれこそ喜んで歓迎するよ、それは素敵だ」

と、ほんとうに喜んで、別荘には五十八歳のお母さんがいるきりだと、家庭のことまでこまごまと話して熱心に勧めた。

日本人で細君を同伴して留学する者が尠(すく)ないので、そのことで、ラバスール君は益々信用したのであろうか、私は当惑するばかりであった。博士が見兼ねて遠まわしに説明してくれたので、ラバスール君も察したらしく、

「それなら、今度の春の休暇には、全家庭でカンヌに来給えね、母にも話しておくから。母は立派な典型的なフランス婦人であるから、奥さんも知己になって喜ばれると思うよ。でも、今日まで奥さんを紹介してもらえなかったのは、残念だなア」

と、笑ったので、私も苦笑しながら、「ごめん、ごめん」と、あわてて頭をかいたが、その様子に、博士もメルシエ君も笑い声をあげて、なごやかな一時をたのしんだ。

*

……私はラバスール君やメルシエ君に妻のA子を紹介しなかったことを、友情に価しないように恥じた。

実はフランスに来て一年もすると、私はA子を知人に紹介することをやめた。その前、私が妻とともにパリにいることを知ると、恐らく日本婦人が珍しくて好奇心からであろうが、フランス人は機会のある度に、お茶や晩餐(ばんさん)に招待してくれた。その都度、私はA子を伴って出席したが、先方は礼儀として、話題から総ての作法がA子を中心にするが、言葉のよくできなくて

社交なれないA子が、まごつくばかりでなく、私も妻に対するエチケットを守るのに、疲れるほど心を砕くことになった。

そんな場合、言葉は通じなくとも、相手の心遣りを察するだけの余裕があれば、お世辞の巧いフランス人から、可愛いと褒められることぐらい簡単なことであるが、A子は一人娘として我儘(わがまま)いっぱいに育ったためか、外に対して頑(かたくな)なほど怯懦(チミード)で、相手の愛情の表白にも応えられなくて、小さい自分の殻にちぢこまってしまう。食卓やお茶の席で、フランス人達の愉しい会話が、A子には軽薄のように感じられて、面白くなく、招待されても次第に出掛けるのを渋るようになった。

妻と二人で招待された処へ、私一人出向くのは、失礼であるが、一度は「妻が気分が悪いものですから」と、口実を構えられても、二度目からは、どう弁解しても一人で訪ねれば、フランス人らしく、夫婦間に何かあるなと、邪推されるから、どんな招待にも正式に叮嚀(ていねい)に辞退することにした。

こんな訳で、フランスに暮しても、フランス人の家庭的な友達はなかなかできないが、折角の機会に私はA子のために友情を深めることができなかった。

それに、いつか詳しく書く筈であるが、パリで迎えた最初の夏を、X夫人のお城(シャトー)で暮した時のいきさつから、私はA子を友人に紹介してはならないと決心した。……

「良い年を迎え給え、そして健康に注意してね、特に奥さんはお大事に……」

地下鉄の入口で別れる時、博士もラバスール君達も、そう言って握手した。博士や同僚の手が特に暖かに感じられた。

私は地下鉄に乗らずに、急いでタクシーで家へ帰った。食事時間に遅刻しているからでもあるが、また、留守の間に急にお産でもあったらと心配して、一刻も早く帰りたかった。しかし、タクシーに乗ると、洋酒の酔いもあったが、疲労が甚だしく、深くかけたまま外を眺める気持にもならず、目を閉じていた。すると、わが妻をラバスール君に引合せなかったことが、妙に悲しく思い出された。それと同時に、支那娘が「女と男とは人間として別段変りはないし、女も男も同様な学問をし、同様な職業にもつけるのですから、性による分業があるというのは、先入主に妨げられた観念の誤謬(ごびゅう)です」と、堂々自説を弁護したことと考えあわせて、同じ極東の女性でありながら、A子の性格が因循で、自己の生活の外に興味を持てないことが、私の大きい不幸のように心が重かった。

十六区のボアロー街四十八番地の下宿の戸口を鍵で開けた時には、もう七時の夕食に二十分もおくれていた。わが部屋にはいると、ベッドの上に妻の濃紅のジレーがおいてあるから、異変もなく食堂へ行ったのだなと安堵した。急いで洋服に刷毛(ブラシ)をかけて食堂にでた。

食堂には大きい食卓の中心に主婦のボングラン夫人が控え、その前に、アカデミシアンのベレソール氏が、その横には、恰度医科大学教授のマリー氏夫妻が晩餐をとりに来る夜なので、夫妻がベレソール氏を挿んでいる。ボングラン夫人の横には、市の老吏員エルベ氏父子、ボングラン夫人の両親のアベール夫妻等食卓の常連が、いつもの席について夕食をしているというよりも、愉しく議論しながらそのあいまあいまに、フォークを動かしている。

私はボングラン夫人とベレソール氏に黙礼して、皆を妨げないように静かに隅のきまった席についたが、おくれた皿に追いつくには、みんなが議論しているので、易しかった。

食卓の議論は毎晩のことで、そのために晩餐が二時間はたっぷりかかるが、ベレソール氏やマリー氏がいる晩は、ボングラン夫人は会話を私の方へ向けないから、疲れた時には、美しい言葉を伴奏のように聞いて、食事をしていればよかった。

特にその晩は、ベレソール氏がスウェーデンの講演旅行から帰って、初めて家で夕食をするので、皆が氏の談話を傾聴しているようであった。私がやっとみんなの皿に追いついてほっとした時には、ベレソール氏はスウェーデンの帰途ドイツに滞在して観察したことを述べて、小さい講演のような口調で話していた。私もふと耳を傾けた。

「……ドイツではもう秘かに軍備拡張に狂奔している。青年は体育という名目で、軍隊教練に熱中している。それに較べて我がフランスはどうか。国民は為替相場の変動のみに気を奪われ、政治家は内閣の更迭を政治と心得て、三年先、五年先の国家の運命を考える者もない。このままの状態で五年たってごらんなさい。ドイツ軍は雲霞の如くフランスの国境へなだれこむだろう。その時は三日たたずしてパリはドイツ軍に蹂躙されるであろう。私は軍備を拡張してドイツに備えるように親友エリオに会って説いた。ブリアンにも話した。ポアンカレにも……その他多くの政治家にも説いた。彼等は傾聴するように装って、実は聞いてもいない。彼等の関心はわがフランスの運命にあるのではなく、ただ小さい功名にある。真にフランスとフランス国民を想う国王をなくしたことが、今日ほどフランスの不幸として考えられることは、嘗てなかった……」

ベレソール氏は熱心な王党であり、文明批評家である。食卓で氏の熱弁を聞いている人々も、ただ食卓での話として愉しく魅了されても、氏が言うようにドイツの軍備がフランスの危険であるとは、少しも感じないらしかった。

私も氏の炯々たる眼光の上に白い眉が二匹の毛虫のように動くのや、茶と白とまじったみごとな髯が氏の語る言葉の一つ一つに軽く動くのを、無感動に眺めて、早くベッドの上に仰向けに倒れたいと願った。それほど疲れていた。

漸く九時近くに食堂から解放された。食堂を出ようとすると、ボングラン夫人が、その日の論文の報告結果はどうかと、訊ねた。私は満足すべき結果であったと簡単に答えた。夫人は口早にベレソール氏に説明した。ベレソール氏も大きい掌で私の掌をつかんで、お祝いの言葉を言った。マリー氏も握手して祝福してくれた。二人ともシミアン博士の研究室の難解なのを知っていて、それまでよく激励してくれていた。

しかし、私は病的な疲労感のために、お礼を述べる言葉も出なくて、頭をさげて意を伝えようとした。そして、部屋に戻るなり、靴も脱がずにベッドの上に仰臥した。体の芯がぬけたようで、われながら怖ろしいほどの疲労であった。論文の第一章が目出度く及第したことや、ラバスール君の別荘への招待などを、A子に話したいと思ったが、口を利く気力もなかった。

A子は化粧室で水を出しながら、遠慮のない日本語で話しかけた。

「お帰りになる前に、ボングラン夫人から、注意があったのよ。夜中にお産があったりしては大変ですから、そんな場合すぐ産院へ電話をかけてもらえるように、警察署に頼んでおいた方がいいって。特にベレソール先生が、この冬はずっといらっしゃるから、突然夜中にでもお産があって、家中騒ぐようになったら、ご勉強の妨げになるって、心配していたわ」

私は日本語を肉体的に快く聞いていた。

「ね、何をおこってるのよ、これから警察へ行って、頼んでおいてくれない。警察は出産だと話せば、親切に引受けてくれるんですって。やはり人口が尠ない国だからでしょうね」

私は出産の用意に、A子のかかりつけのブランドー博士(医科大学の産婦人科主任教授)の紹介で、アルフレッド・ドウタングの産院に部屋を予約した。昼間痛み出したら、タクシーのたまりは何処と何処にあるから、タクシーを探して産院へ行くまでに三十分しかかからないと、実地に計算した。タクシーのたまりに駐車しない夜分に痛み出せば、電話をかければ産院から迎えの自動車をよこす約束をしてもらった。家に電話がないから、家から一町ばかりのミケランジュ街の角のキャフェの電話を使わせてもらうことに手順をきめてあった。

従ってA子もボングラン夫人も安心していた筈である。ただ、キャフェの店を閉じる時から、朝タクシーの駐車場へ集まるまでの三、四時間の処置は考えてなかった。しかし、その三、四時間のために、警察に頼んでおくというのは、大袈裟すぎるし、それより疲れて動けなかった。ましてポルト・ドートゥイユの警察署まで歩いて行く気力はなかった。それほど疲れていた。

「マダムがそう言うんですから行ってよ」

「あしただっていいんだろう、動けないほど疲れちまった、論文のことで……」

「だって、悪いから、今夜行ってよ」

「悪いって、今夜でも産れそうな気がするのかい」

「マダムが言ったんですもの、今夜行かなければ、あしたの朝、顔を合わせられないじゃないの」

「マダムの注意を守らないというのじゃないからいいさ。あしたの朝行っても……それに、マダムがそんなに心配するなら早目に産院へ入院してもいいしね」

「早目に入院すれば、お金がかかるじゃないの……どうせ貴方は、お産をするのをはじめから賛成しなかったのよ。いいわ、そんなひとをあてにしないから」

A子は部屋中震動するほどに化粧室の戸をしめて、外套を羽織った。

何事にもすぐ最後的な言葉を持出す彼女の癖である。しかし、今にも部屋から飛びだして、一人で夜道を警察署へ行きそうな気配であった。私はその剣幕に驚いて跳ね起き、戸口の前に

立って、

「落着きなさい、どうしても今夜行った方がいいと言うなら、僕が行くが、もう少し休んで、よく話してからだっていいだろう」

と、なだめたが、A子は顔をみにくく歪めて、私を戸口から払いのけようとした拍子に、私の顔を思うざま殴った。

私も情けなさや憤りが一度にこみあげて殴りつけたかったが、無恰好なA子の全身が、ふと目にとびこむように見えて、不思議な憐憫の情におそわれて、気負った気持も崩れてしまった。

「馬鹿だな、神経をたかぶらせてはいかんよ。こんな夜、警察署まで女が一人で行くなんて、狂気の沙汰じゃないか」

私はそう言って、外套を外して着たが、A子は壁の方を向いて、顫えているように立っていた。

「僕が行ってくるから、君は休んでいないといかんよ。子供にさわるからね」

私はそう言いのこして外へ出た。階段下の広いサロンでは、マリー氏やベレソール氏の愉しそうな話し声がしていた。外は霧が益々濃くおりて、ボアロー街からミケランジュ街へ出ようとしたが、人通りもなく、見知らない街を彷徨するようであった。

私は妻を紹介して欲しいと言ったラバスール君の澄んだ目を思い出した。今夜の様子を、ラバスール君が見たらと、私は自己嫌悪にうなだれて、外套の襟をたてて暗い道を歩いた。軽い咳が出てならなかった。

　間もなくミケランジュ街のキャフェの灯が霧のなかに仄かに滲み出た。その灯を見ると、奇妙なことに、A子がやはり警察署へ行こうとして戸外へ出たのではなかろうかという考えが、頭をかすめた。神経をたかぶらせている時によくありがちなことなので、不安にもなって、私はボアロー街を四十八番地の方へ引返した。反対側の鋪道をA子が通りはしないかと気を配りながら。ボアロー街はその時刻にはもう人通りのない閑静な住宅区である。

　家の近くへもどって、二階のわが部屋を仰ぐと、鎧戸をおろしてあるが、灯がもれている。電燈を消さないで外出することは先ずない。それとも、あんな恰好では昼間一人で散歩できなかったろう、警察署まで散歩に誘ってやろうか——そう思って、鍵で戸を開けて、いったん家へはいったが、サロン前を通った時、ベレソール氏達の話し声を聞くと、散歩に誘ったことで、却って神経をいらだてても困ると思いなおし、登りかけた階段を降りて、再び外へでた。

　同じ霧の路を賑やかな街の方へ歩いて行った。故郷から幾千里はなれて、異国で見知らない人々のなかで、初産をするA子の不安を、よく理解してやらなければいけない、と考えながら……

第二章

……私は恋もなく、見合して、外国の旅に立つ前にA子を娶ったのである。

私には、大学生の頃から愛し合ったM子という女性があった。M子の家は富豪であって、私は学生時代に厄介になったが、私が貧しいということや、プラトニックではあったが恋愛したということで、私達の結婚は反対された。

私はM子に相応しくなるために精進もし勉強もして、官吏にもなったが、なかなか結婚はゆるされず、時機を待とうとして、手も握らないような間柄で、M子はドイツに渡った。M子がドイツに渡ったことは、私の心をヨーロッパの空へ誘ったが、M子は三年後ドイツで結婚して帰朝した。私はなかなかM子を心から消せなかったが、うじうじした気持のうちにA子と結婚した。私はM子との関係を、A子とA子の家にもよく語り、A子の家でも前から承知で、私に無理に結婚して欲しいと求めたのである。

私は結婚というのは、愛そうという努力の上に新しいものを築くことであると信じたから、A子と結婚してもよいと、ふんぎりがついた。A子の境遇が同情すべきものであったから、傷ついたような私は、ヒロイックな心で結婚することに自己満足もあった。それに加えて、女については知るところなく、たわいない私であったから、M子でA子を想像して、A子のなかにM子を求めるようにして、結婚したのだった。

しかし、A子と結婚してすぐ欧州に旅立ったが、パリに到着するまでの間に、私は大袈裟な言葉を使えば、十字架を背負うつもりでなければ、この結婚は不幸になることをさとった。私の識っていたのはA子の境遇であって、A子自身ではなかったことに気付いた。A子にはM子に似たところが尠しもないことを識った。M子に似たところは絶無でも、精神的な要素さえあれば、私は失望しなかったが、高貴な憧憬もなくて、あまりにドメスチックな性格が、私を絶望させた。

パリに着いたが、パリが何を意味するか、下宿もきまらずにホテル住いしている二日目から、フランス語の勉強をしたいから、個人教授を探して欲しいと主張する彼女であった。

A子には、パリの街も美術も音楽もなく、ただするだけのことを早くして、日本へ帰るという願望しかないようにみえた。しかし、そのすることというのが、A子自身にはなくて、私にあることが、A子を常にいらだてた。パリで遭う友人のように、文部省の留学生でも外交官でもなく、私の将来の職業が明瞭でないから、私のすることがA子には不安でならないらしかった。シミアン博士の研究室でどんなに勉強したからとて、それで帰朝してから教職につけるのでもない。文学や美術や音楽や演劇などに興味をもって、どんなに時間をつぶそうとも、結局時間つぶしにすぎない。私の精神や生活を深く識ろうともせずに、そう愚痴を言って、私の尻を叩くような態度をとった。

私は自分をこの文化の街に解放して、自分の可能性を試みようと希うとともに、A子にもそれまでの好ましくない境遇から脱して、自分をひらいてもらいたいと考えた。音楽会にも美術館にも劇場にも文学的なサロンにも、機会ある毎にA子を伴ってそう努力したが、A子は驚異もなかった、興味もなかった。その都度感動しているような私を訝って、頼りなく感ずるらしかった。そして、機会ある度に、「パリに芝居を見に来たのではないでしょう」というように、私を激励するつもりで、いやがらせのように却って私を沮喪させるような厭味を、平然と言った。

私がA子と結婚する決意をしたのは、愛読していたドストエフスキーの小説の皮相な影響であると、その頃或る友が批評したことがある。A子の母はA子と弟と二人の実子の他に、三人の異った女から産れた十数人の子供等を、皆引取って育てていた。この異常なことに、私は驚歎もし感動もして、そんな境遇のためにA子も私などの想像の及ばない人間的に精神の鍛錬をしているのだろうと想像して、結婚したから、そう批評したのであろう。

しかし、複雑な家庭の境遇は、A子をみがくことにはならずに、却ってすなおな心を歪曲したようである。それに加えて、家庭の雰囲気には、高貴なものを尊ぶような精神的な気風は少しもなかった。日蓮宗の信仰家らしかったが、その信仰もただ観音経をお唱えして、現実的なご利益を希っているようで、生活や精神とは無関係であるらしく、家にはまた一冊の書物もなかった。父も母も日本舞踊の名手で、時には舞台で踊ることもあるが、それも結局芸事で、企業家としての日常生活にかかわりがないばかりか、そのために花柳界の人々の出入りが繁くて、そのことが益々家風をよごしていた。

A子は津田英学塾に学んでいたが、英語ができるので上級学校に進んだので、学問が好きではなく、英語を通じて学びとろうとするものがあるのでもなく、教科書以外には、日本語の書物も雑誌すら読まなかった。それ故、彼女が好ましくない家庭の雰囲気から脱して、人間として再教育するにも、ヨーロッパの旅がよい機会だと、私は意気ごんだのだった。

しかし、パリに着いてみると、ドメスチックなA子の性格が私の期待を裏切った。そのドメスチックな性格も、徹底しなくて、家具つきの簡単なアパルトマンを借りて、研究者らしいつつましい生活を営むこともできず、すぐに日本式に女中がなければとか、部屋はいくつなければと考えるのだった。

パリでA子の望む生活をするのは、経済問題はさることながら、わざわざパリに修養の旅をした目的に反するので、私はやむなく下宿住いか家庭的な世話になるより他になかったが、それとて不平が多くて、転々とかわることになり、漸くボアローの家に落着いたのだった。

この家は下宿のような家庭のような両方の便益をかねていた。主婦のボングラン夫人は寡婦(かふ)で、両親のアベール夫妻と住んでいた。家は十六区でも最も閑静な通りの一つボアロー街に、庭を持った独立家屋で、(庭のある独立家屋に住むというのは、余程富裕な人々でなければできないことであるが)三階の広いものであり、二階には、家族の一員のようにして、「両世界評論」誌の編輯長であり、アカデミーの会員で批評家のアンドレ・ベレソール氏が住んでいた。ボングラン夫人は四十五、六歳であろうか、社交界をのがれて文学を唯一の慰安として生きていた。ベレソール氏が明治の末に日本へ旅行したことがあって、非常な日本人贔屓であるために、紹介者のある日本人を下宿人として迎えていた。

ベレソール氏の持論によれば、世界で最も優れた文明人はフランス人と日本人であり、この二民族は共通点が非常に多くて、神の寵児であるということだ。世界中くまなく旅行したこの批評家の持論は信用できるであろうが……毎晩、夕食の食堂は小さい文学サロンのように賑やかであった。フランスの現代文学についての批評、政治論、風俗論等、凡そパリで問題になるものは総て論じられた。特に、文学については、所謂サロンよりも気がおけずに愉快な雑談が多くて、教えられるところも多かった。それ故、私はこの家の世話になったことを喜んだが、A子もまた、ボングラン夫人が日本婦人を珍しがって、親切に心づくしをするのを喜んだ。

私はA子がボングラン夫人から感化を受けて、つつましく家政を一切やりくりして、その上に勉強を怠らないようなフランスの婦人に、近づいてくれたらと希った。しかし、A子は洋裁とか料理とか帽子造りとかを習おうとするが、(折角のパリ生活に他に学ぶべきところがあろうと思ったが)それも日本で芸事を習うように、大袈裟で真剣に見えて、どことなく身につかなく徒らにさわいでいるようなところがあった。

私はしかし、彼女にこちらの意思を強制したり、彼女の欠点を急激に矯正しようと願うことを次第に諦めた。彼女の欠点も彼女の特長と表裏になっているのであろう、その欠点を、矯正するように強いて、特長を毀すばかりでなく、彼女を神経質にすることを惧れたからであるが、愛そうとする精神が或いはゆるんだからかも知れない。恰度その頃である、パリへ来て最初の夏をX夫人の城で過したのは。


……X夫人は著名な文学者の夫人である。しかし、ずっと前から離婚しているが、宗教の関係で離婚できないために別居して、その孤独の生活を絵筆で紛らわせていた。毎夏所有地の城へ行って親類や知人などを招いて暮す習慣があったが、私達もそのなかに加えられたのである。

集まったのは男女十人ばかりで、ピアニストとか、画家とか、若い芸術家と紹介されたが専門が分らないような青年や大学生というように、なかなか面白い仲間であった。私はフランス語の勉強にもなり、フランス人を識るにもよい機会であるからとて、できるだけ若い人々と生活をともにして、農地を歩き廻ったり、屋敷のなかを流れる清流に舟を浮べて、月明りに遅くまで歌ってたのしんだり、広いサロンに集まって文学談にふけったりして、毎日倖せに暮した。

そして、A子をもその仲間へ引入れようと努力したが、A子は遊んではいられないと、気持を硬張らせて仲間にはならず、さりとてすることもなくて、一人つまらなそうに部屋にこもって、部屋の整理をしたり、ぼんやり庭に佇んでいることが多かった。

その城はパリから汽車で二時間南西に下って、それから半時間ばかり自動車でオルレアン街道へでると、岡の上に教会の塔を中心に集まったエタンプという小さい村があるが、(その村の農家の殆ど全部が夫人の小作人である)その村に向き合った岡の森のなかにある一軒家で、お城というものの、古くて電燈もなくて、日常生活には不便が多かった。

しかし不便はあっても、中世紀風な大袈裟な面白さが建築ばかりではなく朝夕の生活にもあって、パリ人の生活の裏にある伝統を見るようで、私は得がたい経験としてよろこんだが、A子は電燈がないとか、各部屋に水が出ないとか、買物に不便であるとか、語学の先生がないとか、欠点ばかりを数えあげるようにして不満をもらした。A子には物の暗い半面ばかり見て、明るい半面を見ない性癖があったが、このA子の不平をX夫人に感じさせないために、私はどんなに心を砕いたことか。

夫人も時々A子を慰めようとつきまとうようにして、フランス語で話したり、英語で話したり、編物の籠を庭へ持ち出して一緒にしようと誘ったりしてつとめるが、A子がその都度怯懦に敬遠するので、夫人はとりつくしまがないような、手のほどこしようのないような様子であった。見かねて注意すると、A子は「フランスへ遊びに来たのではないから」と言って、却って私が呑気だと顔面神経をぴりぴりさせて責めた。

A子はフランスで何かしなければならないと焦慮しているが、さて自分では何もできないので、私に早く何かしてもらわなければならないと、一人でいらだっていたのだ。

私も彼女の心持は解らなくはないが、その焦慮がわずらわしくなって、予定より早目にパリへ引上げることにしたが、パリへ帰る三日前の午後、森の清流の畔へ椅子を持ち出して、読書していると、X夫人が白百合の花を抱えて森の奥の径から近づき、「奥さんは」と、声をかけた。

「部屋で鞄の用意などをしております」

「奥さんに花を摘んで参りましたが」

夫人はそう言って暫くためらっていたが、

「××さんにお訊きしたいと考えてたことがあるのですが」

と、加えた。

私は本を閉じて立ち上っていたので、どんなことでもお訊ね下さいというように、夫人と並んで歩き出した。

しかし、夫人は、

「決して好奇心から伺うのではなくて、貴方がたは生涯のお友達だと思いますし、こんなお訊ねをしたらお気に障るでしょうが、風習も異なることですし、貴方がたをもっと識りたいと思いますから」

と、遠慮深く言いながら、今来た径を森の奥へ引返した。

重大事であろうと私も察して、何でも喜んでお答えするからと促した。が、夫人はお気を悪くなさらない約束をして下さいと、なおも念をおしてから、

「奥さまね……貴方と教養も性格もおちがいで、私はお二人を結んで考えられませんけれど……どうしてご結婚なさいましたの」

と、ためらいながら言って、夫人の方がきまり悪そうな表情をした。

私は胸へつかえるような気持がしたが、恐らく淋しそうな微笑が出たのであろう、夫人は狼狽したように、溜息した。

「私はただ将来が心配なものですから」

その呟きがなければ、私は憤ったかも知れないが、夫人の溜息はこちらの胸にしみて、決して悪意があって問うのではなく、愛情からだとすなおに納得できた。特に、夫人が結婚生活に破れて、別居していることを思えば、将来が心配だという言葉は、愛情からほとばしったものにちがいなかった。

実際日頃「私の息子」とお世辞でなしに呼ぶ夫人が、こんなぶしつけな恐ろしい質問をするのは、愛情か軽蔑かそのいずれかでなければならないが、この際その真情に応えなければ、お互いに永久に異邦人となるのだと、私もとっさに熟く考えた。それ故すなおに総てを吐き出すように打明ける気持になった。

私は自分とA子との境遇を詳しく語った。M子を多年愛して破れたこともかくさなかった。

A子との結婚の顚末も話した。A子がその境遇によって性格が歪められて、自然でない頑なところがあって、同情すべきだとも述べた。そして最後に、

「……フランスと日本とで結婚の理念に二種類ある筈はないでしょうが、フランスで暮してみて、はじめてこの国では恋愛がなければ結婚生活ができないことを知りました。フランスでは二人が文字通り常時一つになった生き方ですから……しかし私達日本人は、結婚は恋愛がなくても自己を空しくして、二人で謙虚に新しいものを創ることだと考えます。その新しいものは個人的なものではないから、時には自己を殺して、不断に積み重ねるような精進がいるのだと信じます。その精進が夫婦の愛情です。たとえば恋愛はなくても、その愛情は人間らしい義務ですし、結婚してから相手の人となりに絶望するようなことがあったからとて、離婚するというのは、簡単なことですが、それでは人間性を侮辱するものだと信じます……」

と、多少きざっぽいが、フランス語であるから一心に話せた。

夫人に話すというよりも、自分に言い聞かせたようであるが、その時には、森の奥からお城の裏の菩提樹の並木に出ていた。

夫人は城へ帰るらしかったが、私はそんな風に話したことがてれくさかったし、離婚して良人と別居している夫人のことを慮らずに、離婚は人間性を侮辱するものだと言ってしまったことに狼狽して、夫人に別れて再び森の奥へもどった。そう話したことに自己嫌悪を感じた。

A子との生活が感情の上でやりきれなくもあった。

私は森のなかを彷徨した。それまでパリで会った日本の友人で、A子のことで気まずく別れた者のことなど思い出して、結婚生活の将来について暗澹たる気持であった。

夕食の鐘が鳴って、急いで服を着換えに部屋へもどると、夫人の抱えていた白百合が卓上にいけてあったが、夕食に階下のサロンへ降りると、夫人が待っていたようにサロン前の花園の方へ誘って、

「さっきのお話、よくして下さいました。私はずっと考えてみましたが、やっと日本人が少し分ったような気がします」

と、真面目な顔で、私を友達に数えることができて嬉しいと、小声で囁いた。

私はたそがれる森の奥へ隠れたいほどはずかしかった。それからパリに帰る日まで、夫人はA子を労るように全神経をつかっていたし、その後も私達の相談相手になってくれたが、この頃から、私はA子をフランス人に紹介してはいけないと考えたのだが、また、A子をパリの生活へ引き出すことをやめた。ドメスチックな彼女に相応しく、ボングラン夫人の家にこもるように落着けて、卑俗な日常生活のなかから自然にフランスを学びとるようにしむけることにしたのだった。

*

……A子が妊娠したことは、外国で未経験であるため当惑したが、私達に救いでもあった。

しかし、フランスはこんな場合、出産するかしないか、当事者が真面目に考えて、自分でき

めるような国柄である。出産することが自然でなくて人為だと考えているのだ。従って、私達は研究室にかよっている学生のような身分で、子供を儲けるのを身だしなみが足りないとも、勇敢だとも、批評された。子供を育てるだけの経済を用意してあるかと、本気に心配してくれた友人もある。欲しなければ産まないですませられるということは、若い夫婦にとって倖せのようで、却って不幸なことだ。私達も親になるべきかどうかと尤もらしく相談して迷ったのだから。

A子はフランスで身につけたものがないので、故国へ土産に子供をつれて帰ったら両親には顔が立つからと、悲しい結論に辿りついた。私はまた、母になることでパリの生活が変え得ない彼女の性格に、変化があろうと期待した。

しかし、いざ出産を待つことになって、A子は赤ん坊を自分で育てられないと難題を持ち出した。未経験であるからという不安の他に、自ら育てるためには生活様式を変える必要があると主張した。三部屋か四部屋かあるアパルトマンを借りて、なんでもできる女中を雇わなければならないと。

フランが下落しているから、A子の主張を容れても、経済的に堪えられるかも知れないが、留学費は主としてA子の家から出ているので、節約もしたかったし、特に予定の留学期間をすぎていることではあり、それにもまして、そうしたお嬢様根性をいつまでもすて切れないのが、私には悲しいことであった。赤ん坊が産れたら育児法なども自然に体得するであろうし、ボングラン夫人も階下の広い部屋にかわるようにはからってくれると言うから、不自由を怺えて自分で育てるべきであった。

しかし、A子は赤ん坊が泣いたらベレソール先生の勉強の邪魔になるとか、襁褓を庭へ干す訳に行かないとか心配した。知人のエチエンヌ夫人が、ボアロー街から歩いて二十分ばかりの閑静なラ・フォンテーヌ街に広い庭をもった独立家屋に一人で住んでいて、出産後家族全部で引越して来たらと申し出てくれたし、申し出の下宿料もそう高くなく、世話好きな夫人であるから、私は喜んだが、A子は夫人がマルチニック島の黒ん坊の下女しか使わないことや、愛猫家でいつも猫が五、六匹いるからと嫌って、親切な申し出を拒んだ。

クラマールの森近くで、友人の叔母にあたるドモリエール夫妻も、二人の子供を育ててしまったので、二部屋開けて面倒みようと話してくれたが、見晴らしのよい郊外で清潔な人々であるが、家に風呂がなくて銭湯も電車でパリまで出なければならないことが、A子の気に入らなかった。

しかし、A子の注文通りに近代的な家具付のアパルトマンはなかなか探しあたらなく、それよりも、日本流に何でもする女中というのを探すのは、どんなに給金を払っても、不可能であった。いっそのこと日本へ一人で帰ってお産をしようかとA子は迷った。しかし、いざ帰国するとなると一人で大洋を渡る不安や胎児への影響などを考慮して、なかなか決行できなくて、出産が近づいてしまった。

そんな状態に同情して、ブランドー博士が門下生の一人にフォンテンブローの森で完備した託児所をつくり、乳児の科学的育児法を研究している医者があるが、そこなら或る時期まで母親が育てるよりも安心できるからと言って、其処へ託すように勧めた。そして、一度参観してから決定したらと、十一月の或る日曜日に、自ら案内してくれた。

その託児所はフォンテンブローの駅から一キロもなく、有名な森の入口のマロニエの並木に面した近代的な設備をもった家であった。私達が約束の二時に汽車で着くと、博士は夫人とパリから自動車を運転して来て、森のなかで昼食したところだと言って、気軽に駅へ迎えた。門下生のドリノ氏夫妻も待っていた。ドリノ氏は四十歳ばかりで五つと二つになる子供の父親で、我が子を、あずかった十人ばかりの乳児とともに育てたのだと、自慢して紹介した。

薄い秋の陽のさした日で、十人ばかりの乳児は庭にならんだ乳母車のなかで日光浴をしていた。私達は洋服の上から衛生衣を着せられてから、いろいろの設備を見せてもらった。一階は赤ん坊の広い社交室の他に、浴室、病室、調理室等がある。社交室というのは赤ん坊の昼間の部屋で、十人全部一室におけるように、小さい木のベッドが並んで、そのベッドには銘々名前と生年月日を書きこんだ札の他に、毎日の体重表と摂取する食物の種類、重量を書いた札とが下っていた。

二階は夜赤ん坊のねむる小さい寝室がいくつも並んで、大体同じ月に産れた赤ん坊を二人ずつ一部屋に休ませるのだとの話。若い保母が三人いるが、三十四、五歳のドリノ夫人が保母長の格で世話をし、赤ん坊の泣き声を遠くから聞いただけで、その健康状態や心理を察せられるほど熟練しているというし、ドリノ氏が医者として赤ん坊の保健や栄養のことを常時注意しているから、安心できそうであった。

ドリノ氏の意見では、人間は産れてから一年ばかりの間の育て方に、大体生涯の健康と性格との基礎がおかれるという。その学問的な論拠を、いろいろ説明してくれた。そのために、氏は赤ん坊の家を経営するかたわら、多くの婦人団体と協力して乳児の育成協会を組織して、乳児の保護事業に努力しているのだが、その説の正否は兎に角として、赤ん坊にとっては、パリの埃(ほこり)のなかで育てられるよりも、空気の清浄な此処で、ブランドー博士の信頼する医者から、注意深く育てられる方が、安全に違いなかった。特に、八カ月もすれば引取って日本へつれて帰るのに、食物その他で困らないようにできると、ドリノ夫人も保証するし、ブランドー夫人も熱心にA子にそれを勧めるので、A子も出産後すぐにこの赤ん坊の家へあずける決意をした。

託児費は上流社会の赤ん坊ばかりで高いというが、フランの関係から月に百円足らずで、私達にも堪えられそうであった。一週に木曜日と日曜日とが、赤ん坊の面会日とかで、恰度庭で二組の夫婦があずけた赤ん坊を抱いて楽しそうにあやしていた。

A子はそれを眺めて、毎週日曜日にフォンテンブローへ来ればいいからと、あずけてからのことを愉しそうに私にも話して、長い懸案がやっと解決したように機嫌よかった。

ブランドー博士は、パリまで自ら運転するイスパノに同乗するように誘ってくれたが、私達は森の近くのホテルに泊って、翌日森近くのミレーで有名なバルビゾンを訪ねる予定でパリを出て来たから、おことわりした。博士は気軽にホテルまで送ってくれた。

A子もそれで漸く安心したらしく、その夕森のなかの古風なホテルで、田舎らしくストーブに薪をくべながら、博士夫妻の親切なことやドリノ夫妻の信頼できることを、いつまでも繰返し話した。恐らくA子は自らそう言いきかせて安心したかったのであろうが、私はまた、彼女が私に話す百分の一でも、博士達に感謝を表現してくれればと残念に思った。

＊

……兎に角、その年の暮の休暇には、私達は安心して出産を待つことになった。出産率の低い国で、お産をすると肚を据えれば、異邦人にも意外な便宜が与えられて、ただ産みさえすればよしと思われるほど安心した。

出産予定日は正月前後というので、私はいつはじまるか分らない陣痛を待ちながら、論文をフランス語に翻訳して言葉の先生に訂正してもらい、終日家にこもってタイプでうった。その論文の仏訳が終れば発表して、日本の貨幣の講義を研究仲間にしてから日本へ帰るのだと、買い集めた社会科学の書物を幾箱もまとめて、日本へ送って身軽にした。

A子もお産して、赤ん坊の家へ子供をあずけるのだから、帰国前に一緒に欧州をくまなく歩けるだろうと、私は愉しい計画を樹(た)て、論文に精を出した。ところが、A子は出産予定の直前になって、産れる子供への愛情がはげしくなったからとて、フォンテンブローの森のような遠くへ子供を手放したくないと言い出した。遠いといっても、半日で往復できそうな距離であり、私は当惑していろいろなだめた。手放したくないならば自ら育ててくれればよいのだが、ボアロー街の近くに託児所がある筈だからと、タイプを叩いている私に、探して欲しいと駄々っ子のように執拗(しつこ)く頼んだ。

　ボアロー街に近くて、毎日散歩するブーローニュの森に、ドリノ氏の赤ん坊の家のような設備があれば、汽車でなければ行けないフォンテンブローへわざわざ送るにあたらないと主張するが、私は計画を早急にはじめから樹てなおす煩雑さが、考えるだに堪えられなかった。

　しかし、やむなくボングラン夫人やX夫人にも頼み、警察署に出向いて、漸く適当な赤ん坊の家へ三軒紹介状をもらった。私はA子を伴って、その三軒を次々に訪ねて、彼女に好きな処をきめさせることにした。勝手にしろとも思った。

　その一軒はサン・クルーの岡にあって、母性保護協会の経営で設備も規模もドリノ氏の処より完備していて、私も喜んだが、フランス人を両親とする嫡出子でなければということであった。もう一軒は、森はずれに新しく設けられたもので、やはり公共団体の補助を得ている関係上、産れる子供に必ずフランスの国籍を選ばせるという誓約をしなければ、という話であった。

　フランスの人口問題を解決するための設備であれば、日本人の赤ん坊を収容しないのは当然なことであるが、その完備した設備を見物しながら、私達は当惑して、どうせ二重国籍を持つ子供ならば、フランスの国籍にする誓約をしようかと話し合った。管理している婦人は赤ん坊が男子ならば、フランス人として徴兵に服しますかと念を押してから、外国人の赤ん坊を収容する託児所があるからと、そちらへ電話をかけてくれた。

それは警察署が紹介してくれた託児所で、市内電車の車庫の裏の見るから不衛生な場所にあった。珍しく木造の粗末な平家で庭もなく、玄関先のような狭い部屋にも多くの赤ん坊がベッドにねかせられていた。保母も一人で、管理している婦人は、「自分の子供だと思って育てていれば故障はありません」と、自慢していたが、母になったこともなさそうな老嬢で、指導する医者も週に一回しか見まわらないという、見るから商売だということが目立って、とても安心して子供を託す気にはならなかった。

A子も、「もうドリノさんのところへお願いしますわ」と、歎息して歩けないほどがっかりしていた。

……それは正月の三日の日で森は霧にぬれていた。私達はその数日、年の暮も正月もなかったように、託児所のことで歩き廻っていたが、その帰途、タクシーを日本人倶楽部へ向けて、A子に日本食の正月料理をご馳走したいと思った。

「日本食なんかもういいわ、倹約したいし、日本なんて忘れてしまうの」

そう言うA子が憐れで、私もこの十カ月というもの、言葉が通じないと困るからとて、男の行くべからざる場合にもその都度立会ったりして疲れ果て、十人もの子供をあっさり産んで育てた母や祖母のようになれないものかとA子に抱いた不満を、いっとき忘れたのだった。

翌日の午後二時頃であった。ボングラン夫人のお母さんが、赤ん坊の洋服や靴下に名前を縫いつけて部屋へ持って来てくれた序に、私を廊下へ呼んで、注意した。

「奥さんはどうもご不浄へ行く回数も多くなったし、あの歩きかたではお産が近いと思いますよ」

私はすぐA子を産院に送ることにした。

A子は、

「いやね、そんな目で見ていられるなんて……でもまだらしいわ」

と、躊躇していたが、私は予定通り角のキャフェへ行って、アルフレッド・ドウタングの産院とブランドー博士に、すぐ入院するからと電話をかけて、その足でタクシーのたまりから自動車を家の前へ乗りつけた。何時でも入院できる用意はしてある筈なので、A子をせきたてた。ボングラン夫人とそのお母さんが部屋へ来ていろいろ世話をやき、特に老夫人は小柄なA子の肩を抱えるようにして玄関へ出て来て、「勇気を出すのですよ」と、何度も囁いて自動車へ送った。肥った運転手までが、「ああ産院ですか、ボン・クーラージュ（勇気をお出し）」なんて言うもので、A子も悲壮な面持になった。

産院では物馴れた老産婆が迎えて、

「今、お約束の部屋をあけさせていますからお待ち下さい。でもお痛みならば、他のお部屋に

と言った。間もなく博士も来るからと言うのに、A子は、

「痛みませんし、お産はなかなからしいわ」

と、遠慮して微笑していた。廊下のような寒い応接間で待つあいだ、私があわてたために、一日も二日も無駄に入院することになりそうだと、A子は不平をもらして、何度も化粧室へ立って行った。

暫くすると、ブランドー博士は「私の子供達はこっちかな」と、普段よりも若やいだ顔で、応接間にはいるなり、握手もそこそこに私達を二階の産室へ案内して、産婆や看護婦や医者を督励して診察にかかった。

「これだから切腹する国民はフランス人とはちがうのだな。今まで我慢しているとは」

と、笑いながら感心して診察を終り、夜中頃にはお産があるだろうが、再び来るまでは決して手を触れてはならぬと産院付属の医者に注意し、産婆や看護婦にも、細々と準備や手当について注意をのこして、私にも「今晩はよく腹をこしらえておかなくては」と、冗談を言って帰って行った。

A子はいざ寝てみると陣痛を感じた。しかし、博士が帰ると、私にもボアロー街へ帰るようにと何度も言った。私は最初彼女のそう言う心が分らなかったが、「気がずつないから」と、彼女のお国訛（くになまり）を聞くと、故郷で母の出産の折にいつも父がわざと留守をしたことなど思い出し

て、日本婦人のたしなみを異様に思うとともに、こんな場合に自分に遠慮するA子が不可解でもあった。私は夕食に帰って来ることにした。

「今夜はボアローの家でゆっくり休んで来て下さい」

「だって、夜中にお産があるじゃないか」

「ですから、あしたの朝来て下さればいいわ」

「馬鹿な……僕がいなくて困ることがおきたらどうするの」

「ブランドー先生にお委せしちまうの、何も彼も」

A子の大きい目に涙が湧き上ったが、私はそれを見ないように装って外へ出た。

アルフレッド・ドウタングの街をミュエットの方へ降りようとすると、街角の教会の鐘楼に、珍しく半月がつくりもののようにかかっていた。毎日霧で空を見たことがなかったので、その半月が不吉なように見えて、胸さわぎがした。

ボアロー街では、恰度夕食の直前でサロンに集まっていたが、私は夫人方に経過を話して、お礼を述べる時間があった。その晩餐には、小説家のエストニエ氏夫妻が招かれていたので、私は食卓の隅で誰からも質問される心配もなく、フランスの文学者の文学談に、静かに耳を傾けながら、産院のことを考えていた。

話題はフランス・ロマンチック時代の百年記念祭のことから、ロマンチック時代とフランス精神という話題へ移ったが、現代フランスに対する悲観論を除いて二人の深い論旨は私には分らなかった。デザートで、エストニエ夫人がヴィクトル・ユーゴーの詩を荘重な声で暗誦して、晩餐は終った。いつものように食堂からサロンへもどって、珈琲になったが、私はすぐにわが部屋へ上った。

A子がいないわが部屋を見るのは、パリへ来てからはじめてであり、急に広くなったようで落着けそうに静かである。暖炉には石炭が燃えて、深く椅子にかけたが、私がやっと一人になったと安堵したような溜息が出た。可笑しなことだ。この数日タイプを叩けなかったことを思い出して、仕事にかかった。そうした機械的な仕事をしていなければ、病院のことが気に懸ってならなかった。

その夜、私がタイプを打っていると、ボングラン夫人が戸口を軽打して、

「産院へはいらっしゃいませんの」

と、けげんな顔をした。

エストニエ夫妻も帰ったらしく、家中ひっそりしていた。もう少したって、電話で様子をたずねてみるつもりだと告げると、夫人は呆れたような顔をして、

「今夜お産がありそうだと仰有ったのではありませんか」

と、私の机の方へ近づいた。

「そうです」

夫人は益々訝しげな表情をしたが、私は日本ではお産に、良人が立会うものではないという

ような説明をするのも、たいぎであった。しかし、夫人は突然、

「駄目、駄目、行ってあげなければ」

と、珍しく怒ったような調子で言った。

私は日本の風習を説明するよりも、病院へ行くのが手取り早いことだと考えて、思わず微笑しながらふらっと立ち上った。実は疲れて、口を利く気力もなかったのだ。黙って外套を着かかると、「鍵をお忘れにならないように」と、注意してくれたが、いつものように感謝の言葉も出ずに、驚いている夫人に黙礼しただけで外へ出た。

まだ自動車も地下鉄もある時間であったが、それに乗るのも煩わしくて、人通りのない路を機械的に歩いて行った。もう霧がおりてしめっぽく、咳が出たが寒くはなかった。急がずに歩いているのは、A子をやはり愛していないからだろうかと、私は機会のある度にM子が意識に浮びあがる自分を惨めに思った。疲れて細根のような神経ばかりになっていた。

私が産室をそっと開けると、薬品のまじった異様な動物的な臭気が鼻を打った。私ははっとして広い部屋の隅に竦んで佇んだ。

ブランドー博士や看護婦や産婆が、私にも気がつかずに物々しく立働いていて、声一つない。A子のベッドを見ると蒼白の顔に目を閉じて生きている様子もない。私は博士に言葉をかけることも忘れて静かにベッドの足の方へ歩みよった。不吉な予感に全身うたれたのだった。

博士は、「そのまま眠ってしまっては大変だ」と、看護婦に注意したが、看護婦はA子の髪

を撫で上げながら、「マダム、もうすみました。さあ目をさましましょうね」と、耳もとに口をあてて何度も呼んだ。A子の表情は微動もしない。私は最後の瞬間に麻酔剤をかがされたことを知らなかったから、不幸が起きたのかと、不安でじっと眺めていた。

博士は白衣を脱ぎすてると、向うの隅で産婆から小さい白い包みのようなものを受け取って、私に近づき、「さあ、貴方の娘です」と、その包みを渡そうとした。

私は咄嗟のこととて、泣き笑いのように顔が崩れて、その包みのような赤ん坊を受けとろうともしなかった。博士は右腕に赤ん坊を抱き、左掌で私の掌を強く握り、人のよい微笑をして祝いの言葉を述べた。ああお産があったのかと、私はきまりが悪くてならなかった。

博士は赤ん坊を抱いたままA子の枕もとに近づき、

「マプチット、もう目をさましてもよい頃だよ」

と、親しそうに呼んでは、蒼白の頬を指で何度も叩いた。A子はなかなか眠りからさめなかった。暫くの間、看護婦は相変らず髪をなでながら耳もとでマダム、マダムと呼び、博士は頬を叩きつづけた。やっと目を開いたA子は、呆然としていて、看護婦が、

「お産はすみましたよ、女の子ですよ」

と、笑いかけても、夢のような目をしばたたくだけだった。

「もう終ったんだ。女の子だ」

私は日本語でそう呼びかけたが、やっと気がついたように、「女の子……綺麗ですか」と、

探るように大きなうつろな目をじっと私の目に向けた。そしてすぐ、「女の子は醜かったら不倖せですもの」

と、溜息のように加えた。

博士は、これで大丈夫ですと、改めて私に握手して、A子が何と言ったかと、好奇心をもって私に訊ねた。しかし、私はそれを博士に通訳できなかった。嘗てA子の容貌について、批判がましいことを言った験しはないが、父親に似て背も低く恰好も悪くて美しくない容貌をそれほど卑下していたのかと、胸をつかれた。

私は博士の腕のなかの赤ん坊の顔をはじめてちらっと見た。美しいどころか、真赤で、赤ん坊というよりもまるで小さい動物のようであった。

第三章

……わが子というものは不思議なものである。産れるまでは、厄介だとばかり考えられたが、小さい揺籃(ゆりかご)にねかせられているのをのぞいていれば、時間のたつのも気がつかないほど、興味がある。愛情の萌芽(ほうが)であろうか、赤ん坊の揺籃のそばにいれば不思議に落着けた。疲労も忘れて、平穏な心になる。それ故、私は赤ん坊に惹かれてアルフレッド・ドウタングの産院へ日参した。

A子も肥立ちがよくて、いつも穏やかな表情で私を迎え、赤ん坊のことや産院のなかの様子を愉しそうに話した。夜赤ん坊があまり泣くので、隣室から抗議が出て、看護婦が揺籃ごと化粧室へ入れて戸を閉じてくれたが、泣き声は聞えない代り、可哀相でねつかれなかったとか、前の部屋に産婦が入院して、陣痛のある度に動物のような唸り声をたてるので、おかしくてならないとか、日本の赤ん坊は産れながらに髪の毛があるということが評判で、入院している産婦達が見たがっているとか、前日の午後、ボングラン夫人とエストニエ夫人とが可愛い靴下を土産に、見舞に来てくれたとか。

そんな風に、話題も豊富であるが、しきりに機嫌よく話しかけたのも、A子としては珍しいことで、お産が彼女にも好ましい結果を産んだのであろうと、私は秘かに喜んだ。A子も、私が赤ん坊に興味を持ったことを、恐ろしく喜んで安心したのであろう。

「男の人って、子供の顔を見たとたんに父性愛がめざめるのでしょうか」

と、不審そうに言い、赤ん坊のことではもう独断的な処置はとれないと子供っぽく考えて、

「向うのフランス人が赤ん坊を見たがっているそうですから、二、三十分間、そのフランス人の赤ん坊と取換えていいでしょうか」

と、相談するしまつである。

ロシア人の看護婦がこちらの赤ん坊を抱いて行って、二、三室離れたフランスの赤ん坊を抱いて来たが、鼻が高く目がくぼみ、頭は毛髪がなくつるつるして、セルロイドの人形そっくりであった。私も看護婦を中心に、日本の赤ん坊が可愛いか、フランスの赤ん坊が可愛いかなどと、意味のない議論をして、呆(ほう)けたような一時(いっとき)をたのしんだりした。

そんな折に、A子は「一寸、一寸」と、私達に注意する。聞き耳を立てると、産院のなかでは、あちこちに唸るような声や訴えるような声が聞えるが、それにまじって、入院して間もない向いの部屋から、猛獣の喚声に似た悲痛な唸りが響いて、耳をおおいたいくらいであるが、突然その唸り声がとまって、とたんに同じ女の甲高い笑い声と話が代って聞えて来た。

「ああ、まだ産れないらしいのね」と、A子は自分の額の汗を拭って吐息する。

「まだまだ、二昼夜はかかるでしょうね。一寸痛むとあんなに泣き叫ぶのですから、フランスの女は子供を産みたがらないわけですよ。ハラキリを平気でする日本人とはちがいます」

と、看護婦は笑うが、A子は、

「私だって大変でしたわ。あの唸り声を聞くと、また自分がお産するように苦痛を感じるんですもの」

と、顔をしかめて笑う。

パリへ来てから、A子の笑ったのを見たのは、恐らくそれが初めてであったかも知れない。それほど、徒らに緊張して、気持をこちこちさせていた。そのことがまたどれほど私の心をも徒らに苦しめていたか。

赤ん坊の入籍についても外国にいるので心配した。名前は、折角フランスで産れたのであるから、フランス人らしい名をつけろと、知り合いのフランス人はみな勝手なことを言う。

A子は或る朝私の顔を見ると、

「赤ん坊の名前は、M子としたらどうでしょう」

と、思いつめたことを吐き出すように言った。M子というのは私の愛した女の名である。

私はA子の意がくめずに黙って顔を見た。ベッドに寝たまま目を大きくまばたきしたきりである。しかし、私はA子から胸のなかを透かし見られたようで怒りがこみあげた。私はM子のことは清算して胸のなかまで洗ったつもりで、A子と結婚した。その覚悟があるから結婚の時にも、A子とA子の家人にM子のことを打明け、その数年間自分が過失なく精進できたのもM子を遠く愛したからであると話して、それを識ってなお自分と結婚してくれるならばと謙虚に申し出たのだ。その後、私はM子を胸のなかから消すために、秘かに努力し苦労しつづけた。

しかし、私はなさけないことに、執着心が強いのか、意気地がないのか、なかなかM子を忘れきれなくて、心の隙間から、ひょっくりM子が顔を出すような刹那があった。嘗てM子はパリやベルリンから、東京にいた私に切々たる手紙を書いたが、その文章が、パリに住んでいると、何かの機会に記憶のなかに浮び上る。それもA子の性情がよくないからだと、私はふと考えて、そう考える自分を何度も愧じた。赤ん坊を産むか産むまいかと、フランス人と同じように、尤もらしく考えさせられた場合にも、私は、M子ならば躊躇なくわが子の母になってもらいたいのだし、M子自身も躊躇しなかろうと、そんな考えが浮んだ。そのA子を侮辱した考えにわれながら竦然として、こんな考えの浮ぶ間はA子に母になってもらって自分をも救わなければと、無理にお産することを勧めたのである。

それ故、赤ん坊の名前をM子と名付けたならばと、A子から言い出されるのは、卑しく報復され、皮肉を浴びせられたようにたじろぐとともに、得体の知れない憤りが胸にこみあげたのだ。

それを怺えようと、私は揺籃のなかの赤ん坊を見た。そして秘かに思った。この子が自分にはM子になってくれればよいがと。そしたら、いつも私達の生活に隙間風のようにはいるM子の影は消えるであろうとも。身勝手なあまい根性であったが。兎に角、フランス人の託児所へあずけるのに呼びにくくても困るであろうし、マリコと名づけて、フランス風にはマリと呼ぶことにし、或る朝大使館に届け出ての帰途、十六区の区役所へも入籍手続をした。手続は簡単にすんだが、戸籍係は区長が会いたいというからとて、二階の応接間に案内した。

不審に思って待っていると、肥って前額の禿げあがった五十ばかりの区長さんが、応接間にはいるなり、親しい旧知のように、

「ムッシュ××、お目出度う」

と、握手して気軽に椅子をすすめた。

私は何処で会ったのかしらと、まごついたが、

「どうですか、新しい日仏嬢は丁年に達すれば、日本かフランスかいずれかの国籍を選ばなければならないが、女であるから兵役の問題はなし、その時はフランスの国籍を選んでいただくんですね」

と、なれなれしく話しかけた。

エスプリ・ゴーロアとでもいうか、こんな風な明るい気軽さには、私も、

「フランスの人口問題で必要なのは、その兵役に関係のある男であって女ではないでしょう」

と、冗談を答える術を知っていたが、区長さんはなおも、私の境遇とか日本での出産後の習慣とか、いろいろ質問してから、

「赤ん坊に名付親がないのならば、私にその役をさせてくれませんか。区長をしていたよい記念にもなるから」

とて、区長さんの幼名のジャン・フランスのフランスをとって、マリ・フランスとしてくれないかと、熱心に頼むのだった。

そして、区長さんは独身であるが、名付親をするのを唯一の楽しみとして、既に二十八人の名付子があると、愉しそうに私生活を話した。しかも、名付親というのは形式だけのことではなく、名付子が両親を失う場合には、代って親として養育する道徳的義務を負うのだが、嬉しい義務であると説明した。

異邦人には門を閉ざす異国で、見知らぬ区長さんの親切を、好奇心からであろうが、拒むこともなかろうと、十六区の戸籍にはマリ・フランスと届け出ることにした。(区長さんは代父らしく、その後フォンテンブローの託児所に赤ん坊を見舞ってもくれたし、クリスマスには玩具を贈ってくれた)

その夕、産院へ行って、区役所での出来事をA子に話すと、午後区役所の吏員が、ほんとうにお産をしたかどうか、産室まで来て調べて行ったとの話である。日々フラン貨の暴落、物価の騰貴を、これが勝利の代償であったかと市民は歎(なげ)いているが、区の吏員は出産届のある度にのんびり産室へ見舞うというような、古風なことをしているのかと、私はA子と笑いあったものである。

＊

……私は一日に一、二時間産院を見舞う他は、例のフランス訳に精を出し、疲れれば小説を読み、音楽を聴きに出かけ、芝居を観に行き、友人を訪ねる——という風に、初めて、自由に羽搏(はばた)きする生活ができた。

それまでのA子との生活が、わが翼を切って、物怖(ものお)じするA子の傍(そば)におりているような、息のつまるものであったことを省みて、結婚生活とそれに対するお互いの態度とについて、今更らしく反省してみた。

A子は結婚生活に於ても、欧州の生活に於ても、自己を発展させるものも、建設しようとするものもないので、総て希望も目的も私にかけていたが、その希望が漠然と私の出世というような卑俗なことであり、そのA子の願望に、私が冷淡で、A子の目からは実際的に私に加えるものにならない芸術や音楽に、私の関心がそれるのを、将来が不安であると考えたり、A子に対して愛情がないからだと解して、いらだって不平を言い、翔(かけ)んとする羽をいちいち折ったようである。

私は結婚に自己完成、自己高揚を期待していたのに、日に日に萎縮する精神を悲しんだ。しかし、結婚生活を毀さないためには、私がA子のところへ降りて、時を待つより他にないと考えた。A子は善良な田舎の娘で、愚かしいほど物の条理を知らないのに、一人娘らしい頑なところがあって、自己の殻から外へ出ることも、軟らかく他に同化することも、できなかったから。しかし母になってからは、鎧を脱いだようにくつろいで余裕も見え、私が赤ん坊に抱く関心で、冷淡でもないと安心したらしく、

「私は我儘ばかりしてましたわ」

と、秘かに詫びようとする心を、そんな風に無器用に表わすのだから、自ら赤ん坊を育ててくれれば、この好ましい状態がつづくであろうし、私もA子のことでは穏やかに暮せそうな希望を持てた。それ故、計画を変えて、赤ん坊を自分達で育てようと相談した。

しかし、産れるとすぐから、あずけることにして母乳をはなしてあるからとて、A子は賛成しなかった。

「赤ん坊を一緒に育てていたら、貴方だって勉強できないでしょう。半年ですもの、その間に貴方には博士論文を書いてもらいたいし、私もみっちり洋裁をやります」

A子はそう思いつめていた。そして誕生の時には三キロあった赤ん坊が、ドリノ氏の処方の人工栄養で、十日たってもなかなか目方がふえないで心配しているのに、二週間目の朝にはドリノ夫人が赤ん坊を迎えに来た。パリにいる故に、わが子を育てられないと思うと、パリに来たことが初めて悔いられた。

……それはパリの冬に独特な、霧の多い寒い朝であった。襁褓、襦袢（じゅばん）、洋服、外套、靴下——と、総て花嫁のように純白なものを、何組かそろえて、それにボングラン夫人のお母さん

が丹念に名前を縫いつけてくれたのを、大きい箱鞄（はこかばん）に入れて、私はドリノ夫人と赤ん坊を自動車でリヨン停車場へ送って行った。

運悪く車が遅くて汽車に乗りおくれて、一時間半駅で待つことになった。その間に、夫人と駅の食堂で昼食をとったが、私は赤ん坊を手放すのが辛かった。フランス人に委せてしまって、大丈夫だろうか、万一死なれるようなことがあったら、まいるだろうと思った。産れたばかりに、寒い時に一時間も汽車で旅行させて病気することはなかろうか、人工栄養では発育の点で心配はなかろうか。そう今更くどくどドリノ夫人に訊ねた。夫人は、冬に産れた赤ん坊は丈夫であるとか、間もなく春になるから、萌（も）えるように成長させますとか、自信たっぷりに、私を安心させた。

しかし、赤ん坊は十二時半頃には、向うへ着いて、乳をもらう手筈になっていたのが、一時近い汽車になったので、汽車が発車する前から、空腹をうったえて泣き出した。私はどこか痛むのではないかと気がもめた。一時間空腹を怺えなければならないのが憫（あわ）れでならなかった。泣くことが運動ですと、笑っている異邦の女のなさけにたよるより他に、わが子の安全がないということが不安で、「よろしく頼みます」と、出発の間際まで何度も頼んだが、私は涙ぐんでいた。汽車が見えなくなっても、赤ん坊の泣き声が何処かにいつまでも聞えていた。

夕方産院へ行ってみると、A子はつまらなそうな様子をしていた。揺籃がなくなって、私も産院へ来る張合がなくなり、椅子にかけてポケットから夕刊を出して読みはじめたが、A子も、

「もう入院していてもつまらないから、ブランドー先生に退院の許可を得ます」

と、言った。

私が産院へ行ったのは、ドリノ夫人が夕方赤ん坊の安否を産院へ電話すると約束したからであるが、なかなか電話がかからずA子も落着かなくて、こちらから電話をかけるようにと求めた。私はしかし、ドリノ夫人の誠意を、その電話をかけてくるか来ないかで知りたいと考えた。間もなく、電話がかかって来た時には、子供を託した夫人が約束をまもる人であったということが、先ず嬉しかった。

その夜、私は産院から国立劇場へ行った。下宿へ戻ってタイプライターを叩く気持にはならなかった。劇場のそばの暗いレストランで定食をたべたが味がなかった。劇場ではコルネイユの「ル・シッド」をしていたが、涙がにじみ出てならなかった。わが子をいつの間にか激しく愛していたことをさとった。

……A子は三週間目に退院した。もうピアノを叩いてはいられない、洋裁をみっちり習わなければと、動作などにも張りが出て、見るからにたのもしかった。四週間目には、小旅行をしてよい許可も出て、フォンテンブローの森へ赤ん坊を見に、二人で出掛けた。

二週間振りに見る赤ん坊は、もう赤ん坊の家の規則正しい習慣になれて、授乳時間、入浴時間、昼寝時間、就寝時間なども自然に体得して、殆ど泣くことがなくなったと、ドリノ夫人は話していた。

恰度到着した時は、赤ん坊の昼寝時間で、どの部屋も窓掛を垂れて森閑としていたし、子供が目のさめるのを待つ間、ドリノ夫妻が、体重表や献立表などを示して、マリの発育振りを話してくれるのを、喜んで聞いた。

「不思議ですね。東洋人の赤ん坊をお世話するのは、マリが最初ですが、泣き方から白人の赤ん坊と音声やテンポが違いますよ。ですから、白人の赤ん坊と同じ栄養をとらせてよいか、ブランドー博士にもご相談したが……大丈夫だと仰有るので安心しました。でも、日本娘ですから、私の家ではマリではなくてマリコです。マリコの方がどれほど可愛い名か知れませんよ」

夫人はそんなことを言いながら、赤ん坊の起きる時間になったから、牛乳を「お母さん」からあげて下さいと、私達を二階へ案内した。

マリコはカナダ大使館の二等書記官の子供のジャンという赤ん坊と同室で、可愛いベッドに寝ていたが、もう目をさましていた。襁褓を取換えてもらってから、二階の暖かな応接間で、A子は赤ん坊を抱いて牛乳をやったが、自分が母乳をのむようににこにこしていた。夕方までずっとあぶなっかしい手つきで抱きつづけて、目を見ひらいたとか、口もとに靨(えくぼ)ができたが笑ったのでしょうかと驚いたりして、赤ん坊の表情にかげる変化を眺めて喜んでいた。私もみちたりた心持で赤ん坊を眺めて飽きなかった。

それに、応接間の次の部屋で、私達の声を聞きつけた二つばかりの男の子が、叫ぶような声を立てるので、「人をこいしがる赤ちゃんですから」と、夫人は境のドアを開けて去ったが、その赤ん坊は布製のベッドの両脇に両手をかけて、しきりに舟を漕ぐようにベッドを動揺させて、私達に微笑みかけた。

両親が南米のリオデジャネイロに旅行していて、訪ねる人もないとか、私はその赤ん坊を応接間につれて来て、安楽椅子にかけさせ、ベッドのなかの熊や犬の玩具を運んでやったが、金髪の赤ん坊はその玩具をもっては、赤ん坊の言葉でしきりに、私達に話しかけた。親をはなれた子供の淋しさが身に滲みて、私達は帰るべき時になっても去りかねた。A子は特に、もう一回赤ん坊に牛乳をやってから帰りたいと主張して、予定の汽車を二列車おくれてしまった。

遅くパリへ帰る汽車のなかで、私はma femmeだとかma filleだとかいう所有格の意味の深さを、つくづく考えた。A子も別れて来たばかりなのに、毎木曜日の午後を赤ん坊のそばで過すのだと、何度も独り言のように言っていた。

＊

……それから二、三日すると、研究室生活が再びはじまった。私は研究報告するので緊張していた。シミアン博士は最初の日からきちんと講義する習慣である。いつも通り、教授は講義をはじめる前に一人々々握手して、新年を祝福し合い、休暇をどう過したか簡単に質問したが、私には赤ん坊の出産を喜んでくれて、(その前に長いお祝いの手紙をくれたが)健康に注意するようにと親切に言った。

ラバスール君もメルシエ君も出席した。R助教授夫妻は二、三週間欠席すると教授へ通知があった。新しい聴講生が四人加わった。

教授は助教授夫妻がルーマニアから帰るまで、私の報告を待つようにと勧めた。R君夫妻が手紙でそう教授に懇願して来たからと言ったが、それまでに新しい聴講生が出席しなくなるだろうと、予期したからであろう。

私としても、タイプを七部しか用意していないので、新しい聴講生に分配するには、改めて叩かなければならなかったから、教授のその処置をありがたく思った。教授は新しい聴講者に、銘々研究題目をたずねたが、誰も明確な題目がなく、教授の経済学における社会学的方法を学びその上で題目を選ぶのだと答えていた。それ故、当分の間、教授が「賃銀の変遷より見たるフランス経済史」の講義をつづけて、その間に新聴講者のために方法論に触れようと、新学期の方針をきめられた。それ故、私はR助教授夫妻が帰るまでに、仏訳してない残りの部分を、完成する便宜を得た訳である。

その最初の講義の帰途、教授を地下鉄へ送って行く途中、教授は「先日ブグレ氏から話があったが、今度の社会学年鑑の会に出席してもらえないかな、いずれ日本に帰れば、協力者、通信者の役目も勤めてもらわなければならないが」と、話しかけてから、ラバスール君を顧みて、

「君が案内してくれるね」と、言った。

教授を見送ってしまうと、ラバスール君が始業式だからとて、アペリチーフに誘った。メル

シエ君はラバスール君の贅沢な態度を日頃こころよからず思っているからであろう、約束があるからと辞退したが、私は誘われるままに、キャフェへ寄って、社会学年鑑の会の模様を訊ねたり、デュルケーム学派の当為の観念について論じ合った。

ラバスール君はまた、お母さんがパーク（復活祭）の休暇に私達をカンヌの別荘へ迎えるために、日本語を独習したいから、パリへ行ったら独習書を探して送るようにいうので、二、三日かかってパリ中探してみたが、発見できなかったと話した。その厚意には、私も感動して、普通の場合に避けるような家庭的な細々した話を打明けた。もちろん、出産のこと、赤ん坊の処置など語ったが、ラバスール君も大変喜んで聞いてくれて、

「僕の母が赤ん坊のことを知ったら、きっとマリ・フランスの代母になって、洗礼させようとするよ。パークの休暇に君達がカンヌへ行ってくれれば、帰りには母も二、三年振りにパリへ一緒に帰って、フォンテンブローへ出掛けて、無理にカトリックにしてしまうよ」

と、笑った。

洗礼の問題では、私達のフランス語の先生が、同様に熱心にA子に勧告していた。この老婦人は長くオーストリアの皇室にあって、姫宮方のフランス語の教師をつとめていたが、大戦と同時に、年金と公債をもらってパリへもどり、特志看護婦として活動して、婦人としては異例なレジョン・ドヌール勲章をもらったほどの婦人であるが、A子に、「こんなに三年も親しくしていて、天国へ行った時、貴方がたに逢えないのは悲しい」と、心から歎いて、「貴方がた

が洗礼を受けるのには、難かしい聴聞があるが、赤ちゃんだけでもせめて洗礼を受けることで、貴方がたも神様の恩寵を受けられるように」

と、しきりに勧めていた。

そのことを、私はラバスール君の笑いに応えて話してみた。すると、ラバスール君は真面目に、

「君達も、この際、カトリックに改宗したらどうか」

と、忠告した。私はラバスール君の冗談ではないかと驚いたが、彼はカトリック教のなかにある秩序の精神について熱心に説いた。

二時間もキャフェでおしゃべりして別れたが、別れる時、ラバスール君は、「あした、画家のアスラン氏の家へ行くが君も行かない？　是非紹介したいから、一時頃君の家へ寄る」と、言った。

「いいや、僕が君の処へ行く」

「そう、それなら一時まで待つよ」

私は、ラバスール君が何気なく私に妻を引合せる機会をつくったのだとは、気がつかなかった。

翌日は朝から小雪が降ったが、昼過ぎてトロカデロに近い彼の豪華なガルソニエールを訪ねると、近くのガレージにあずけてあったシトロエンで、ヌイーのアスラン氏の家へ走らせた。

この大家の温雅な絵は展覧会でしばしば観たが、会うのは初めてである。三階のアトリエへずかずか上りこんだが、小肥りなアスラン氏はやや禿げ上った額をして、田舎の指物師のような恰好で制作をしていた。ラバスール君とはテュトアイエして、制作中の絵や新しい作品を示して、パイプをくわえながら、その批評に耳を傾けていた。

アスラン夫人が酒と菓子とを持って上って来た。アスラン氏が老けてもっさりしているのに反して、夫人は小柄な若い美人で金髪を男のように短くし、茶のクレープデシンのアプレミディから形のよい両脚を十分出して、動作も話振りも男とちがわなかった。アスラン氏は日本に行っている自分の作品の写真を示して、いろいろ日本のことを私に質問した。高く買われて行ったにしろよく保存されているかとか、美術館などで展覧されることがあるかとか、わが作品を案じて愛しんでいる様子が、実に美しく羨ましいほど感じられた。しかし、アスラン夫人は、数日前にアスラン氏を訪ねて来たという或る日本婦人を酷評した。その婦人は和服で、小さい象牙の彫刻と扇子とを土産に持参したが、何のために訪ねたのか訳が分らなく、アトリエでにやにや笑っているばかりだったと言って、その彫刻と扇子を私の前に出して、

「日本の婦人は、世界で一番貞操観念がないと聞いていたが、その婦人を見てから、エロチックで、その好ましくない評判が真実だと思いましたわ」

と、さも扇子や彫刻まで穢らわしいというような嫌悪を顔に出した。

ラバスール君とは遠慮のない間柄ではあろうが、夫人が私の前で慎みを忘れるほど悪口を言

うのには、よほどのことがあったからであろうし、アスラン氏もにこにこ聞き流しているのだから、私は自分が非難されるように途方にくれた。しかし、夫人の話から、私はラバスール君にA子を紹介しなかったのは、妻の貞操を心配してと誤解されそうなのに気付いて後悔もし、早く引合せようと決心した。ラバスール君はアスラン氏のエタンプのなかから、若い母親が赤ん坊を抱いている――「若き母」を一枚選んで、私に相談した。

「奥さんにお祝いに差上げたいが、喜んで受けて下さるだろうか、それとも他の絵がいいかね」

そしてその絵に相応しい額にいれて、私の処へ届けるように、画家にたのんだ。その目的で私をアスラン氏へ伴った彼の友情を知り、帰途ボアロー街へ案内して、A子からもお礼を言わせようと考えた。

しかし、ラバスール君は三時半からサル・ガボーで、カペの四重奏団の演奏会に、アスラン氏夫妻を招待してあって、私をも同行するように誘うのだった。画家は雪になったので、画室で仕事したいとて辞わり、三人ですぐ出掛けることになった。画室の窓から遠く雪景色が見おろせた。裏庭も広かったが、庭につづいた小さな森が、雪をかぶって美しく見えた。自動車に乗ろうとすると、七つと五つぐらいとおぼしい子供が二人、ママン、ママンと、夫人の接吻を受けにとび出して来たが、夫人がそんなに大きい子供の母であるとは、その瞬間まで感じられなかった。

……その音楽会の終ったのは七時頃で雪は止んでいた。私は街で体温計を買って帰った。その数日前から、夜になると体が熱っぽくて不快であったからだが、夕食がすんでから検温すると、八度一分あった。これが私の検温した最初であって、八度一分が何を意味するか知らなかったが、過労だと勝手に独りきめた。

それ故暫く大学へも行かず、研究報告の方もすて、午前に一、二時間森を散歩して、ずっと下宿にいて休養した。しかし、夜分にはきまって七度八、九分の熱になった。その間も、シミアン博士の授業には研究室へ、木曜日の午後にはA子と赤ん坊の家へ行くことは、欠かさなかった。しかし、外出するのがたいぎで、自分ながら体が衰弱したのが感じられ、地下鉄の階段を上るのにも息切れがした。

私は海岸へ行きたいと思った。早くパークの休暇が来て、ラバスール君の別荘へ行きたいと思った。パリで海を想うようになったら、重いホームシックにかかったのだと、日本人は言うが、私もホームシックだろうと、自己診断した。

R助教授夫妻が、ルーマニアから戻って、次の火曜日からいよいよ私が研究報告することになった。その木曜日の午後に、私は妻と赤ん坊の家へ行った。朝から雪が降っていたが、フォンテンブローの森は雪におおわれて、駅に降りる者もなく、いつも駅前に駐車している馬車もなかった。

私達は吹雪の中を十町ばかり外套の襟をたてて歩いて行った。ドリノ氏夫妻は、この雪にと驚いて迎えたが、わが子の顔を見れば、それで満足した。しかし、その日は口を利けば咳きこみそうになるので、私は赤ん坊をあやすこともできなかった。全身が凍ったようなのに、芯が熱かった。帰りも森のなかの雪路を歩いて駅へ出たが、汽車に乗ると外套のなかに全身を小さく縮めて、列車の隅にもたれかかり目を閉じた。気持が悪くてどうにもならなかった。リヨン停車場でタクシーに乗ったが、吐きそうになって、しかも吐くものはなく、波に酔ったような苦しさに、唸り声が出そうで、どう体をよじっても苦しさを怺えられなく、A子の膝に上半身をなげ出し、このまま死ぬのではなかろうかと思った。ボアロー街まで遠いこと、思わず唸っていたが、A子も途方にくれてふるえていた。

下宿に帰るなり、私は靴と外套をどう脱いだか記憶がなく、洋服のままベッドにもぐって、その上に外套や洋服をありったけかけさせた。体が、がたがた顫えるほど寒かった。夕食には食堂に出ずに、スープを運んでもらい、熱さましに菩提樹の葉をせんじてもらい、ストーブにどんどん石炭をたかせた。体温計が四十度にのぼったから、病気に馴れない私は、そんな処置をとって、熱を外へ発散させようとしたのである。

翌日は、シミアン博士の授業があって、次の火曜日の研究報告について、打合せることになっていた。

前夜発汗して、朝は気分もよく、珈琲とパンとをおいしく食べたので、洋服に着換えて見た。

しかし、体に重心がないような感がして、火曜日までによくするには、その日欠席して休養すべきだろうと考えた。それ故、街角のキャフェまで出掛けて、博士に電話をかけ、電話で打合せた。

シミアン博士は研究報告のことよりも、私の容態を心配していろいろ訊ねた。そして医者に診せるように勧め、学友のブザンソン博士が呼吸器専門であるから、早速電話で都合をきいて、速達で知らせるから、指定の時間に博士の家の方へ行くようにと、道順まで説明した。

その電話を聞きながら、私は涙ぐんでいた。気が弱くなってもいたが、愛情のある言葉に飢えていたのだ。夕方シミアン博士から、速達便があった。ブザンソン博士が土曜日の十時半に待っているから、自分を安心させるためにも診察してもらえと書いてあった。そして、博士は医科大学の教授であり、君のことはよく電話で話して頼んでおいたから、身体を委せるつもりで行け——と、親切に加えてあった。

シミアン博士の親切な言葉がなくても、私は診察してもらったことであろう。その夜も熱は四十度あって、菩提樹の葉をせんじてもらった。しかし、A子もボングランさん一家も、私がそんなに重病だとは気付かなかった。私は気分もすぐれず食欲はなかったが、食堂へ出ていたから。

翌日、ブザンソン博士の私宅を訪ねた。シミアン博士から地下鉄を何処で降りてと道順を聞いていたから、タクシーでなしに地下鉄で行った。古いアパルトマンでエレベーターがなく、博士の住む三階までの階段をのぼるのに、途中で何回も休んだ。胸のなかへ空気がはいらないように苦しくて。

博士は診察をしながら次第に顔色を変えた。私はその表情の変化で、重大だと知った。博士はこんな状態で、歩いて来るなんて、どうして来れたかと、驚いていたが、一刻も早く入院して手当しなければならないと呟いて、私の住むのがボアロー街ならばと、ボアロー街にある病院がよかろうと独りきめて、その場で病院へ電話をかけた。その博士の狼狽したような様子や、電話で「重患で一刻も待てない、半時間以内に行くから用意をしてもらいたい」と、話しているのを聞いて、私は自分がそんなに重態なのかと怪しんだ。

博士は自動車を呼ばせ、それを待つ間、シミアン博士にも電話をかけたが、「肺炎で、非常に重態だ」と報告した。

博士が「トレ・トレ・グラーヴ」と、電話口で重々しい口調で繰返すのが、ほんとうに大変だと、私にも響いた。

自動車が来ると、私は博士の助けをかりずに階段を降りた。博士は厳格な表情をして、気むずかしそうな人であるが、階段を降りながら私を支えようとして、

「いくらハラキリするから忍耐はできるといっても、人間の体力には限度がある。こんな体で、出歩いて死んじまうではないか」

と、わが子でも叱るように言った。

私は博士に促されて自動車に乗り、博士の意思に従って、ボアローの家へ寄らずに、真直に病院へつれて行かれた。毎日地下鉄へ出るのに、その前を通る古風な尼寺のような病院を、私は自動車のなかで思い浮べた。高い壁でかこわれた不吉な病院を。そして、博士が自分の外套を脱いで私の膝にかけるのを見ると、フランスへ来てからそれほどの真剣な親切に逢ったことがないので、博士の力に魅了されて、自分をなくして博士に委せてしまった……ブザンソン博士にこの時逢って、非常な処置をとってもらわなかったら、恐らく私はその二、三日の間に死んでいたろう。

第四章

……ボアロー街の尼寺のような病院へ着くと、庭に面した二階の部屋が用意してあった。ブザンソン博士の教え子で、病院の内科主任のスクリーブ氏が万事手筈をととのえて待っていた。ベッドには湯タンポを入れ、大袈裟な酸素注入器を部屋にはこんであった。

病院からすぐ近い下宿へ、使いの者が行ってくれた。寝衣（ねまき）が着くのを待たずに、私は上衣を脱いだままで、ベッドにはいった。医者はすぐ検温した。四十一度あったが、私がスクリーブ氏に、「何度ありました」と、訊ねたら、「三十八度」と偽った。

四十一度あったとは後に知ったことで、その時は全身氷のようであり、三十八度ならばあわてて入院するまでもなかったのにと、安心すると同時に、経費のことを考えて後悔した。しかし、検温と同時に、股（もも）に痛い注射をしたが、「この注射は何ですか」と、また質問した。

スクリーブ氏は食塩注射だとあっさり答えた。それまで医者にかかった経験が殆どなかったが、食塩注射が瀕死の病人にするものであることはぼんやり知っていたので、重態なのかなと思った。それからすぐ医者はちがった注射にかかった。

「今度のは何ですか」

「カンフルです」

スクリーブ氏は、黄色い液体のはいった硝子(ガラス)の細い瓶の頭を切りながら、事もなげに答えたが、私はこれも瀕死の病人にする注射だと思った。ブザンソン博士はスクリーブ氏に種々の注意をして、午後に講義の帰りまた寄るからと言いのこして帰られた。帰る時、「元気を出すんだよ」と私に握手したが、私はその手を握りながら、

「非常に重態でしょうか、真実を知った方が、安心して処せますから、真実を聞かせて下さい。社会科学にしろ科学を研究していますから、どんな真実を告げられても、大丈夫、気やすめよりも、堪えられますから」

と、頼んだ。

博士は厳粛な表情でうなずき、

「よろしい。真実を告げようが、君の場合、今のところはっきりその真実をたしかめなければならないからな。安心して、私やスクリーブ君に委せてい給えよ」

と、さとされた。

その時の博士の表情は、映画の大写しで見たように、今も強く印象にのこっている。

博士と入れ代りに、A子がトランクをさげてボングラン夫人とはいって来た。その時は、私も口を利くのが面倒なほど疲れていたが、スクリーブ氏が入院するまでの顛末をボングラン夫

人に話してくれた。A子は背の高い夫人の蔭にかくれているようで、私には話しかけずに、病院の看護婦にトランクを開けて説明していた。私はA子の無感動な様子が却ってありがたかった。昼食だからとてすぐA子は夫人と帰って行った。ボングラン夫人は爪先立ってベッドへ近づき、

「マダムのことは心配なさらずに、安心して養生なさってね。ここがフランスだと考えてはいけませんよ、お国にいるんだと安心なさって……ベレソールさんもシミアン博士も貴方には同胞だと思えるでしょう。同胞のなかにいるのだと考えてらっしゃいよ」

と、力づけた。

A子はこんな場合、日本語を話すのがいけないとでも思ったか、黙って夫人と出て行った。

……ブザンソン博士は午後学校の帰途病院へ寄ってくれた。日本人の同僚をおつれしたと言って、パスツール研究所の日本の医学博士(名を思い出せないからH氏と仮に呼ぶことにする)を紹介した。ブザンソン博士は氏とスクリーブ氏の立会いのもとに、再び診察して、H氏にも診察するように頼んだ。H氏が診察するそばで、博士は、

「こんな状態で、今朝私の家へ歩いてくるんですから、日本人のストイックな努力には、限度がない」

と、怒ったような調子で言ったが、H氏は博士を信頼しきっている様子でうなずいていた。

私は全身に火がついたように熱く、内臓から火気が吹き出るような気がしていたので、

「熱はどのくらいありますか」

と、H氏にフランス語で訊ねた。

「朝より少しさがりました」

と、スクリーブ氏がベッドの脚の方から答えたが、四十二度あったことを後で知った。

ブザンソン博士がH氏と来た時には、A子が私の先輩の木村さんと病室にいた。診察が終ると、博士はA子や木村さんを廊下の外へ誘った。H氏も病室を出た。廊下でみんなが立話をして協議しているのがはっきり感じられた。あわてて病室の戸をしっかりしめるのも忘れたらしく、聞き耳を立てれば、フランス語は小声で、意味が分らなかったが、最後にH氏とA子との日本語は、

「奥さん、早く日本へ電報を打たなければいけませんね、そして後でお困りにならないような処置を取っておきませんと――」

「そんなに悪いのでしょうか」

「危篤ですよ。この数日間に熱が下らなければ……」

と、はっきり聞きわけられた。

博士は消毒などしてから、私に握手をせずに、「静かに休んで」と言って去ろうとしたが、私はすがるように呼びとめた。

「私は数日前まで通学していましたし、今朝もグルネルのお宅へ行ったのですし、そんなに簡単に死なないから、安心して下さい」

「ごもっとも」

と、博士は厳(いかめ)しい顔を崩して笑った。

私は冗談を言うつもりはなかったが、こんなことで死ぬ筈はないと思うと、可笑しかった。それに釣られて、博士も笑ったのであろう。H氏と帰られたが、その後姿を見送りながら、私はこんなに簡単に人間は死ぬのだろうかと、つくづく思った。苦しくも不安でもなかった。木村さんに、

「日本へ電報を打たなければならないようでしたら、三井物産に頼んでくれませんか。お金も支店長にあずけてあります」

と、話した。木村さんは廊下の立話を聞いてしまったとは知らないので、不審そうな顔をしていた。

「でも、日本へ電報を打って心配させてもしかたないから、数日様子をみてからにして下さい」

私は言いなおした。ぬすみ聞きしたことに、無意識のうちに皮肉に反撥していたのかも知れないが、実は、自分の死ということを穏やかに考えていたのだった。

こんな風に数日間に死ぬ危険があるのならば、日本へは死亡してから知らせてもおそくはな

い。万一数日間に助かったならば、過ぎさった悲しみとして、喜んで手紙に書いてもよい。

二カ月ばかり前に、赤ん坊の産れた時、電報で日本へ知らせてもらおうと、物産の支店へ行ったところ、支店長は厚い書物に電文の暗号をさがしながら、横の秘書のダクテロ嬢に、

「可愛いお嬢さんが産れて日本のお祖母(ばあ)さんにお知らせするんだよ」

と、話したが、ダクテロ嬢は青い眼をぱちぱちさせて、「お目出度う」と私に微笑した。今度は、支店長は、

「あの可愛いお嬢さんのお父さんが亡くなったんだ」

と、ダクテロ嬢に話すであろう。黒い喪服のような洋服に、青い眼と金髪が強すぎるように似合わなかったあの若い娘は、今度はどんな表情をするであろうか——と、そんな呑気なことを私は考えていた。死とはその刹那に穏やかに迎えられそうな気がした。

木村さんとA子とが病室を去ると、スクリーブ氏は大がかりな酸素注入器を病室に動かして、長い間かかって右の股に酸素を送った。私は病気なれなくて、自ら脈を数えることも呼吸を数えることも知らず、酸素吸入さえ知らなかった。看護婦が暇さえあれば、私の頭の上へ大きなクッションのようなまるい皮袋をさげて、両掌で押しては皮袋のなかの酸素を出しているのを、不審に思っていたが、今度の大がかりな器械から股に注入されるものが何か、ただ驚愕して、スクリーブ氏に訊ねたが、

「これでらくになりますよ。今夜は安眠して下さい」

と、言うだけだった。

しかし、その注入が終ってから、そっと股に掌をやってみると、股から脚にかけてふとくふくれ上り、感覚がなくなり自分の股ではないような気がした。それと同時に、これは死ぬほどの病気だぞと、やっと腹におさまった。

その夜から二昼夜、スクリーブ氏は病院に寝泊りして、昼の看護婦をも夜とどめて、非常警戒していたそうであるが、私は目を閉じると、柱や壁がたおれかかり、天井がベッドの上へ陥ちそうで怖ろしく、つとめて目を開けていようとした。夜の廻診に来て、おやすみと挨拶したスクリーブ氏に、

「目を閉じて、眠ったら、そのままになることはありませんか」

と、訊ねた。

死を怖れたからではなくて、そのまま目を開かなくなるなら、できるだけ目を開けていようと、ぼんやり思ったのに過ぎない。しかし、スクリーブ氏はぎょっとしたらしく、立ちどまって私の顔を凝視して、

「考えてはいけません、みんな太陽があしたの朝ものぼるということを信じて、安心して寝るのです」

と、言った。

入院してからずっと、三、四時間おきに、カンフルの注射をしていたし、私はもっと切実に

死を考えて煩悶すべき筈なのに、何かしら漸く一人になったというような、ほっとした穏やかな気持であった。

＊

……それから三日たった。目が覚める度に、まだ死ななかったと思ったが、それが歓喜をともなってもいなかった。恐らく死を切実に考えなかったからであろう。それでいて、その間に見舞ってくれた東大の横田君や九大の菊池君には、死後の処置を頼んだ。クレディ・リヨネーにある当座預金にはサインして何時でもおろせるようにした。骨をわざわざ日本に持ち帰ってもしかたがないからとも話した。有名な墓地ペール・ラシェーズでも、病院からそう遠くなくてグノーの墓のある小さい墓地でも、葬ってもらえばよしとも話した。（グノーの墓のある墓地はマッセーさんの家の裏であるから、あの姉妹は欠かさずお詣りしてくれるであろう）そう話すことが決して悲壮なことでも、わざとらしいことでもなかった。

四日目の夕方であった。A子はフォンテンブローに赤ん坊を訪ねて帰りに寄った。

「おとといの朝、日本から病気は何かと、電報が来たので、みなさんと相談して、肺炎だって電報を打った。そしたら、今朝、できるだけの手当をしてなおせと、又電報が来たわ」

A子ははいるなり、病状などを考慮することなく突然言った。私は答うべき言葉がなかったが、遠い日本のことが、ふと浮び上った。A子の家から私の家へも通知があったろう。両親は神様に祈願して、私の写真にお授けをしているであろう——そう遠い祖国のことを想うのが辛くて、近い赤ん坊のことを知ろうと、A子にいろいろ訊ねたが、A子も恐らく赤ん坊と半日暮しながら、悩んだのであろう。硬い表情をして、私の問いに答える代りに、

「私は赤ん坊をつれて日本へ帰る決心をしましたわ。ドリノさんに、貴方の病状を話したら、恐らくテュベルキュルーズだろうから、赤ん坊にも注射して反応をみようと言ってたけれど、テュベルキュルーズって何でしょうね。あんな赤ん坊が注射されるなんて、可哀相で……私はもういやになっちまった」

と、不幸を怺え切れないというように、椅子にかけた。

私もテュベルキュルーズという言葉が分らなかったが、A子が病室に来ると同時に、看護婦が警戒するかのようにはいって来て、窓を開けたり、毛布をなおしたりしていたので、その意味を問いたいと思ったが、胸がいっぱいで訊けなかった。A子は日本語が看護婦に通じないことを幸いに、重ねて言った。

「私はつくづく自分の結婚が不幸だと思いました。でも、今なら、両親も生きてるので、子供をつれて帰れば、二人の困らないようにしてくれるでしょうから、安心していますけれど……」

A子は自分の心に呟く言葉を、私に言ったのであろうが、その言葉がどれほど私を淋しくしたか。ただ、その時、不思議なことに、私は全く自我をなくしていたのでその言葉が私達夫婦の間に深い淵を掘る重大なものと憤る代りに、未亡人になる覚悟をしているものとしてA子に

同情した。

「いざ日本に帰るとなれば、木村さんも近く帰国するんだし、横田君や菊池君だって便宜を計ってくれるだろうから、心配しなくてもいいさ。今日は帰って風呂でもわかしてもらって何も考えずにぐっすりねた方がいいよ」

A子はすごすご帰って行った。私は涙が溢れてしかたなかった。赤ん坊が突然私の意識にはいったのだ。若い看護婦は、勿論日本語は通じなかったが、何かを感じたものらしく、A子が去ると、

「元気を出すんですわ、勇気（クーラージュ）、他のことは自然の解決に委すんですわ」

と、枕卓に花を飾りながら、慰めてくれた。

私はこの異邦の若い女に、憐れな赤ん坊のことを話して、勇気づけたくなるあまい自分を、怺えようとして、訊ねた。

「テュベルキュルーズってどんな病気？」

「ね、病気をなおすためには、病人は利己主義者にならなければいけません。特に貴方の場合は」

看護婦も、私の方を向かずにそう答えただけである。病人は利己主義者にならなければならない。そうだ。フランス語であったから、それが意味深い真理のように、そう何度も繰返して、もやもやした感情をしずめようとしたが、ふと、テュベルキュルーズとは肺結核ではなかろう

かと思って、口を噤んだ。

……その病院は有名なカトリックの団体の経営するもので構内に古い寺院があり、毎時こころよい鐘が鳴った。看護婦もカトリックの信者であり、特に夜の看護婦は尼さんの奉仕のようであった。A子が赤ん坊のことを話して去ってから、私にはその鐘の音がちがって響くような感がした。死ぬことは易いが、子供に未練が出たのである。子供があわれでならなかった。自分がなかったら立派な人間にならないように思った。A子が立派に育て得るか信頼できなかったのだ。私はいら立って、死んでは大変だと初めて怖れだした。その夜、十一時頃尼さんに睡眠薬をたのんだ。尼さんは睡眠薬をたのんだのは初めてのことと不審がったが、私は「よく眠って、生きる決心だから」と、苦笑した。

尼さんはスクリーブ氏に電話で相談して、煎薬をくれた。その時、尼さんは、

「昨日までは危篤で、先生も非常警戒していましたが、第一次の危険は無事に越しました。これから第二次の危険を越すのですが、神様にお委せして安心していらっしゃい」

と言ったが、私は死ぬものかと思った。その夜、穴に落ちようとする私を、子供が引きずり上げる夢を見た。

……それから半月ばかりして、ブザンソン博士が訪ねてくれた。それまでは、電話で容態を訊ねて、スクリーブ氏を信頼して手当や投薬などを指導していた。博士はスクリーブ氏と立会

って診察してから、

「これで危険を脱した、ほんとうによかった」

と、私の手を握って喜び、スクリーブ氏にもお礼の握手をして、

「どうも日本人の体力のねばり強さには感心した。早速髭などもそって、さっぱりと病人でないと思いこんでもらうのだね。もう沢山食べて、体力を養うことだけがのこっているのだから」

と、笑われた。

私は涙でブザンソン博士の顔が仰げなかった。A子がいたら喜ぶだろうと思った。博士は、もう一奮発だよと、私の肩を軽く叩いて帰って行った。

私はベッドの上で髭をそった。髪もオーデコロンで洗って綺麗になでつけた。全身をオーデコロンで拭ってもらった。身が軽くなったように爽快になった。やっと助かったと吐息したが、まだ日に三回のカンフル注射と朝の灌腸(かんちょう)をやめなかった。その晩食から、無理に出される、食いにくい生の馬肉を、「日本では魚のなまを食べるから」と笑いながら、むさぼり食べた。体力を養うことに夢中になったのだ。というのは、全身を拭ってもらった時、空を見たいと思い、ベッドから床におりて、窓の方へ歩こうとしたが、わが脚が意思に従わなくて倒れそうであったから。

その翌朝、A子が来た時私は得意になって、前日のブザンソン博士の話をした。A子が喜ん

でくれるものと期待したが、

「肺炎の熱は去ったけれど、微熱が去らないので、痰の検査をしたら、やはり、僅かだけれど結核菌が出たんですって……テュベルキュルーズって、辞書で探したら肺結核でした。それでずいぶん考えたけれど、死ぬものと諦めてたのですから、やはり子供をつれて私は日本へ帰りますわ。クレディ・リヨネーの預金帳はもらって行くことよ」

と、部屋の隅の戸棚から鞄を出して、さっさと預金帳を取り出してハンドバッグに入れた。

私は飛び起きてA子をとめたかったが、脚が立たなかった。呶鳴る代りに、無意識にベルを押した。看護婦が来るとA子は、

「あの、容態表をもう本人にも見せていいのでしょう」

と、言った。

看護婦はすぐ容態表を取りに出た。A子も、私はこれから赤ん坊のところへ行きますからと、私をのこして、すぐ出て行った。私は毛布をかぶって嗚咽を怺えた。

看護婦は容態表を持って、マダムはどうかなすったんですか、と言いながら、はいって来た。

私は涙をかくすのに困った。しかし、初めて見るその容態表を、四十二度の熱が三十七度台に下るまでに、わが肉体が如何に闘ったか、興味深く感じた。それからは容態表を枕もとにおいて、自己診断に資することを知ったが、看護婦も、

「ご自分でこれを見せていただけるようになれば、もうこっちのものですわ」

と、喜んでくれた。

私は、夕方A子が託児所の帰途寄ってくれるものと終日心待ちにしたが、ついに来なかった。その翌朝も訪ねて来なかった。私は悲しい想像をした。午後ブザンソン博士が診察に来た。そして、左肺の上部が結核におかされている惧れがあると告げた。

「肺結核はなおり難いものとされていたが、これほどなおり易いものはないことが、大戦後発見された。特にプヌモ(気胸法)の発見で、片肺だけの患者は簡単になおる。幸いに君のは左肺だけらしいので、今からレントゲンをとって、よくスクリーブ君と治療法を相談しよう。肺炎の熱がお土産をのこした程度だから、心配はいらん。肺炎のおかげで早期診断できたのだから、却って君には幸いなくらいだ」

そう博士は静かに語ったが、肺結核であるとは、覚悟はしていたものの、やはり狼狽した。しかし、私は博士を信頼していたので、これほどなおり易い病気はないということが発見されたという、博士の言葉を文字通り信じて、絶望はしなかった。

看護婦はそばから、「今日は天気ですから、庭へ出られますよ」と、激励した。その庭へ出られるというのは、病室から、新館のレントゲン室へ、担架で運ばれる時に、庭を通るということであった。

三週間ぶりで空を見るのである。担架から仰ぐ空の豊かな色! 私はゆっくり歩いて下さいと頼んだ。いつの間にか春らしい日ざしが庭園にさして、私は暫く担架をとめてもらった。看護婦は、脚の方へ毛布をかけながら、これから時々、日光浴に出していただきましょうと言ったが、突然、頭の方を支えていた人夫が日本語で、

「あの、日本の新聞があったら見せて下さい」

と、話しかけた。

吃驚して顔をあげると、二十歳ばかりの東洋人である。

「僕は朝鮮人の張という者です。苦学しています」

と、自己紹介した。

「僕はまだ日本の新聞を読むことも禁じられているのですよ」

私は日本の青年がパリの病院で働いて苦学しているということに、興味をおぼえ、もう花を植えた庭を眺める余裕もなく、親しく話しかけたくて、言葉を探したが、看護婦はすぐレントゲン室の方へ担架を急がせた。恰度鐘楼から二時の鐘が聞えてきた。

ああ二時が鳴ります。若い朝鮮人は子供のようなフランス語でそう言った。その意味のない言葉が、その時は胸にしみた。その日から私の闘病がはじまったのだが、闘病生活のきびしさを知るには、長い月日を要した。

第五章

……その日から隔日に、私は午後の暖かな時刻に治療室へ担架で運ばれた。入院してから一ヵ月振りぐらいであったが、庭を通って治療室へ運ばれるというそれだけのことが、単調な生活には驚くべき変化で、待ちきれない歓びであった。人間はどんな境遇にも倖せを発見するものであろう、庭を通る僅か一分間ばかりに生活をかけるような、無上の楽しみとなった。

治療室ではプヌモの治療を受けた。プヌモが発見されて間もない時のこととて、難治とされていた肺結核の治療に、一大革新がもたらされたもののように、一般に考えられていた。プヌモの可能な患者は必ず二、三ヵ月の療養で全治する希望がある。私の場合も最初、プヌモが可能であったから、スクリーブ氏は、これでいいんです、これでいいんですと、治療台からおりる私の手をとって喜んだ。

はじめてレントゲン室で検査した翌朝、見舞に来た木村さんが病院の廊下で偶然にスクリーブ氏に会うと、喜んで握手して、

「これでお友達も夏には健康になって日本に帰れますよ」

と、プヌモの成功を伝えたそうである。

木村さんは私の病室にはいるなりその話をして、祝ってくれた。そして、高等学校や大学時代に幾人も肺結核で倒れた友人を惜しみ、恰度日本から到着したばかりの雑誌「改造」が、結核特輯号として全頁をあげて、日本全国民が結核のために滅亡しそうな状態にあることを、警告していると話した。フランスでは結核ほどなおり易い病気はないと考えられる時に、どうして日本では国民の大多数がこの病菌のために倒れるのであろうか。木村さんは遠い日本の将来を憂えていろいろ話していた。

欧州にあって祖国を想えば、日本は力こそみなぎってはいるが、資源に恵まれない小さい国土である。その国土にあふれるほどの人口が外に植民する土地を拒まれて、国内に重なりあって住んで結核菌におかされているのであろうか。

木村さんはその日本へ三、四日中にシベリヤ経由で帰ることにしていた。帰国してからの仕事や計画のことでも胸を熱くしていた。A子の家が木村さんの故郷から遠くないので、私の病状や赤ん坊の様子を伝えようと言って、その前の日にわざわざフォンテンブローの森に、赤ん坊を見舞ってくれた。

「兎に角、赤ちゃんが丈夫に育っているのも見て来たし、君もこれで大丈夫だから、安心して出発できるし、お宅の皆さんにも喜んで会えますよ」

木村さんが喜んだように、スクリーブ氏も安心して、漸く一般に面会をゆるしたらしく、その日から多くのフランスの知人が見舞に来た。
エストニエ夫人は読書の許可を得たら読むようにと、エストニエ氏の小説を数冊持って来てくれた。画家のエチエンヌ夫人は私が葡萄が好きだからとて、パリ中の果物屋を探して、数房の葡萄を持参した。マッセーさん姉妹は、一週間教会で潔斎して私の健康を祈ったと言って、私の死を脱したことを神の恩寵であると喜んだ。ボングラン夫人も、ドモリエール夫人も、コルネリッサン夫人も……ベレソール氏も、シミアン博士も、ラバスール君も、メルシエ君も、ルクリュ氏も、面会謝絶でなくなるのを待っていたかのように次々に見舞った。人情には日本人もフランス人もない。

こんな風に見舞客が来なければ、私は木村さんやスクリーブ氏の言葉に拘らず、恢復に自信が持てなかったかも知れない。というのは、その頃もなお隔日一回カンフル注射をしていたし、新聞を読むことさえ禁じられ、総ての用はベッドのうえで弁じて、絶対安静を強いられていたから。

この見舞客に会うのは、一日に一人か二人、しかも五、六分間であるが、素晴らしい慰安で、五、六分間の印象が残りの幾時間、眠る時までも残って、残りの時間をその印象をぼんやり反芻してたのしんだ。（その一人々々のその時の表情や言葉を、今もはっきり覚えているほどである）衰弱していたからであろうか。それにも拘らず、シミアン博士やラバスール君に会うと、仕事や未完成の論文のことが気に懸った。

「医者の意見では、この学年末には、学校へ出席して最後の論文発表ができるらしいから、それまでは何も考えずに、ゆっくり養生し給え」

シミアン博士はそう言った。

ラバスール君は、二日おきぐらいに訪ねて来て、研究室の様子や社会学年鑑の最近の編輯会の模様などを、詳しく話してくれた。その会で、私の論文を社会学年鑑に掲載したらと、博士が提案したことも話してくれた。デュルケーム学派には経済学の専攻者が尠ないから、博士は私の論文を推薦してくれたのであろうか、その論文は伝統のある社会学年鑑には未熟なものであり、私も早く健康になって、これからよい仕事をするのだと興奮した。日本へ帰ったら、デュルケーム学派の協力者として、日本の社会学の紹介もしようと、明るい希望を持った。

しかし、二週間もすると、私の病状はプヌモが不可能だということが分って、灯の消えたような暗澹たる気持になった。中学校の四年のとき肋膜炎をしたために、肋膜が胸壁に付着して、ガスの注入ができないからだという。そう診断して、それを私に宣告するまでには、スクリーブ氏は細心の注意を払ったようだった。

片肺だけの病症でプヌモが可能であるということを、スクリーブ氏自身わがことのように喜んで、遠からず全癒するものと期待していたのに、今不可能であると宣言するのは、再び肺結核だと宣言する時のように暗い衝撃を与えることになる。それ故にまた、スクリーブ氏は付着した肋膜を剝がそうと努力して、無理にガスを送るらしく、治療の度に、重い石を胸にのせられるような堪えられない圧力に苦しんだ。スクリーブ氏は治療の後に、内庭に半時間とどまることをゆるした。

南向きの庭の中央は、まるで花壇で春らしい、温室咲きの花を移植してその周囲に寝椅子をならべて、十数人の病人が毛布に軀（からだ）を包んで仰臥して休んでいるが、私もそのなかに加わった。風のない日には、看護婦も担架を迎えによこすのを忘れたように装って、一時間も庭へおいてくれた。空と雲とのほんとうの色彩や光沢をはじめて知ったように驚いて見入った。偶然に隣の寝椅子に並んだ患者の話しかける身上話を物語のように熱心に聞いた。

治療室へ行かない日には、文学書を読む許可も出た。（新聞は興奮する惧れがあるからとて許されなかったが）エストニエ氏やベレソール氏のように親しい人々の著書を、その機会に読んだ。ベレソール氏のバルザック論からバルザックの小説も読もうと、A子に買ってくれるように頼んだが、A子は「小説を読むどころじゃないでしょう」と、きついことを言って拒んだ。小説を読むことで、私が静かに生きる力を養っていることを、彼女は理解できなかった。

庭に出たり読書ができることで、私が自信を得たころを見計らって、スクリーブ氏は悲しい宣言をする計画であったらしい。その前日の夕、入院以来はじめて入浴の許可をした。八、九週間ぶりに入浴すると、全身にのこった力もとけたように疲れたが、生れかわったように清々（すがすが）しくもなって、入浴できるのだからもう大丈夫だと私は安心して、その夜は熟睡した。

翌日、ブザンソン博士はいつかの日本人の医学博士H氏と診察に来てくれた。スクリーブ氏と三人で、私の療法について相談した。ブザンソン博士が宣言する役を引受けた。

「プヌモが不成功であるから、もう此処をいつ退院してもよろしい。もう医者や薬品にたよるよりも自然療法にたよらなければならない。それには、スイスの高原へ行って、高原サナトリウムで一、二年間、厳格なサナ生活をすれば、必ず無事に日本へ帰れるからね」

「一、二年ですか」

その一、二年という言葉は、その時の私には十年にも二十年にも感じられて、顫えながらそうせきこんで訊いた。

「そう一、二年……日本人の精神と体質の強靭なことをはじめて知ったから、一、二年でよかろうと思うが……肺結核がなおり易いというのは、医術の力をかりなくても自然になおり易いということで、その自然治療を効果あらしめるためには、海岸からはなれて千メートル以上の高さの場所に暮すのが最もよいが、どうです、スイスのダボスかレーザンに行ってみたら、私が紹介もするし、君の生命は請けあいますが……」

博士はもっと話したが、私は死の宣言をされた時よりも絶望し、ベッドに寝たまま瞑目して博士の親切な説明を聞いていたが、答えられなかった。博士に見はなされたようでもあるが、また、これからの一、二年間、学問も勉強もしないでスイスで闘病するというが、どんな風に暮してよいか、子供や特に妻のことを想うと、生きることが死ぬよりも難かしく、起き上る力をもなくした。医者であり心理学者であるスクリーブ氏は、A子のことやA子と私との関係などを考慮したらしく、見かねて博士に相談した。

「如何でしょうか、お子さんがブランドー教授のお世話で、フォンテンブローの国際託児所におりますので、暫く此処からフォンテンブローに転地なすったら……奥さんもパリを引上げて、お子さんのそばで暮すようになすったら、××さんの御病気にも、却ってよい結果があるだろうと思いますが」

博士は黙ってこの妥協案にうなずいていた。スクリーブ氏は、私の胸部のレントゲン写真を見ていた日本人のH博士に意見をもとめたが、H氏もスクリーブ氏に賛成した。

「先ずフォンテンブローに転地して、その後は、スイスに行こうと決心したらその時にしても……」

と、フランス語で答えてから、私に日本語で、

「ブザンソン先生の御意見は純理論です。仰有る通りすれば完全ですが、日本でなら貴方の場合は肺尖(はいせん)カタルぐらいに考えるでしょうから、失望することはありません。お望みならば、この冬学期から講義に大丈夫出られますよ」

と、事もなげに話した。同情して単に激励するつもりであったろう。

しかし、こんな場合に気休めを言う筈はないと信じたから、私は最も自分に都合のよいH博士の言葉に依って、退院後の方針をきめることになった。ブザンソン博士の言葉に従って、高原サナトリウムに行くべきだったのに。この三人の医者の会見には、運よくA子はいなかった。

万一A子がブザンソン博士の言葉を聞けば、その場で自制力をなくして、これから一、二年も待つことなど思いも及びません、退院したらすぐ船を予約しますと、博士の前で私にくってかかったかも知れない。

私とて、H氏の言葉がなくても、A子の悲歎に同化して、もう一度夫婦と子供の三人の生活を建設するという方向に努力しなければ、死からのがれた甲斐がないと、考えていたから、退院後の生活は、A子の満足するようなものにしたかった。私とA子との間で共通な関心と喜びは、最早赤ん坊のことしか残っていないようであった。赤ん坊のいるフォンテンブローの森へ転地することは、A子もよろこぶにちがいなかった――

*

……A子は退院ということを、全快に近いものと解して喜び、入院中に心を荒立てて、日本へ帰るの、子供を引取って夫婦別れをするの、と言って私を苦しめた事も、けろり忘れたようである。

しかし、私は退院はしても、全快どころかこれからだという不安を、ブザンソン博士の言葉にではなく、自分の肉体に感じた。退院するという直前に、ベッドから窓際まで歩く練習をして、熱が赤線を越えはしないかと心配する状態であったから。従って、退院したからとて、フォンテンブローへ自動車で行くまでには、ボアロー街の家で、相変らずスクリーブ氏の監督の下に、力を養っておかなければならなかった。

いよいよ二カ月振りに退院したが、死なずにもどった歓びよりも、その二カ月が夢であったと、目がさめて驚くのであればよいがと思った。

ボングラン夫人は階下の日当りのよい、庭に面した広い部屋にかえて、荷物も借ピアノもおろし、壁には見覚えのある絵をかけてあった。肺結核といえば身内ですら忌み嫌う病気なのに、ボアロー街の人々はそんな様子もなく、みな喜んで迎えてくれた。

夫人は毎朝、特別な市場へ行って、人の厭う生の馬肉を買って来てくれた。私はその赤い馬肉を毎晩、なまのままでは食べにくいので、夕食のスープをのむ時に、無理に流しこむようにして食べた。夫人のお母さんは庭に面したテラスの長椅子に休んでいる私に、膝掛けがなくてはと注意したり、夕日の沈む前に部屋にはいらないと風邪を引くからと、お祖母さんのように心配して、ご主人のアベール老人と丹精して飼っている鶏（パリの真中で早朝鶏が鳴いては困るからと、近所から苦情が出て、毎晩老人は鶏を地下室へ運んでねかせるのだが）の産む卵は、全部私の食料にしてくれた。

A子も毎日機嫌よく洋裁をならいに出かけた。二週間もすると、私は漸く昼食に食堂へ出て、みんなと楽しく食事をするだけの体力が出た。スクリーブ氏も無事にフォンテンブローへの旅ができるであろうと、やっと保証するようになった。

その出発の日のことは今もきのうのように覚えている。恰度、二人のフランスの勇敢な飛行家が、はじめて大西洋を横断しようという無謀な考えから、巣葉の飛行機白鳥号にのってパリを翔去った後、全フランス人が吉報を待ってついに消息を聞かずに、毎日胸をいためていた頃であった。或る朝、アメリカからの色の黒い無恰好な青年がブルジェ飛行場へ、「私はリンドバーグです」と言って、ひょっくり降りたって、人間の力の限界を破ったが、その記念すべき日の午後、私はフォンテンブローへ行ったのだった。

前日、A子が三井物産へ旅の費用をもらいに行ったところ、支店長は日本の経済恐慌の様子を詳しく語ったらしく、A子は将来の生活費について不安を抱いて帰ってきた。

現在三井物産に託してある資金がなくなる前に、日本へ帰らなければ大変である。A子は帰るなりそう言って、所持金と経費の計算をはじめた。フォンテンブローの森に秋までとどまって、彼女は赤ん坊の育児を体得し、私は元気になって冬の学期はじめに論文を終り、博士号を土産に、冬のはじめには日本へ帰ろう。それまでの費用はどうやらありそうだと、A子は安心した。そして、明日からは赤ん坊のそばで暮せるという歓びもあって、珍しく愚痴を言わずに旅の支度をした。

私は日本の経済恐慌や、かさむ費用や、何時になったら帰国できることやら、あてのない健康を想うと、口には出さなかったが、詫びたいような思いで胸いっぱいになってA子を見ていた。

出発の日は晴れて暖かであった。森には託児所のドリノ氏がホテルを予約してくれてある。自動車はベレソール氏がプロン書房の前にいる、乗りつけの老運転手を頼んであった。私はサン＝シモンの全集とバルザック全集とを用意した。ブグレ教授が講義の時よく、「社会学的方法は社会科学に採用されただけではなく、今やフランス文学にも大きな影響をのこしている」といって例にあげる、ジュール・ロマンやデュアメルの著書もボングラン夫人に買い集めてもらった。

出発前に、スクリーブ氏が用心のためにカンフル注射をすることになっていた。スクリーブ氏は昼食がすむとすぐ来たが、大西洋横断飛行の成功に興奮して、注射の用意をしながらも、

「白鳥号は、果断な勇気はあったが、科学的な準備が足りなかったのです。科学的な準備と鍛錬をして、神の御意にかないさえすれば、人間には不可能はないことを、アメリカの青年が証明しましたね。まして自分の病気を征服するぐらいのことはいと易いことですよ」

と、白鳥号の準備不足だったことを惜しんだ。

しかし、私はこの言葉を単なる挨拶とはとらなかった。これからの闘病に対してとるべき態度をそれとなく暗示したのだと解した。

スクリーブ氏は注射をしながらも、終ってからも、森に行ってからの療養上の注意や生活の時間表などをこまごま述べた。話し終ると、真面目な表情をして、私の手を握り、

「最後に、貴方にお礼を言わなければならない。今日まで無数の患者を扱って、私が生きる教訓を得たような人は、十指を屈するにも足りませんが、貴方は日常生活に忍従と感謝との貴さを、私に教えてくれました。それ故、秘かに貴方を私の友のなかに数えましたが、必要な場合

には貴方の友として、何処へも馳せて行きます。しかし、その忍従と精進が必ず病気の再発を防いでくれましょう」

と、情愛をこめて言った。

私は褒められた所以が分らずに、途方にくれたが、A子との生活を観察していての言葉ではなかろうかと、ふと気がつくと、羞恥心から返す言葉もなかった。医者であるばかりではなく心理学者であり、聖オーガスチンの断章を発表した神学者であることを知るだけに、入院中に世話になったお礼も、あっさり言えなかった。

……自動車が来て、ボングラン夫人一家やスクリーブ氏に見送られて、出発したが、それこそ白鳥号の出発のように不安をともなっていた。

途中時々脈を自らしらべなければならなかった。しかし、窓から見る新緑のパリの街の美しかったこと。東洋からはるばる辿りついた翌朝見たパリよりも鮮やかに美しく、生きていたいと、私の総ての感覚が一度に目覚めて熱くなったようである。

パリの城門を出ると旧並木道のマロニエがみな花をつけ、車のなかにも春の香がするようであった。並木道が終ると広々とした野原に空が展(ひら)けて、その向うに、フォンテンブローの森が緑にもえていた。私の衰弱した体に命の火をかきたてようと、ベレソール氏が老運転手に道順を命じたかと思われたが、私は飽かず窓に目をおいて、自然の生きる息吹を吸収していた。A

子も、これで親子三人きりの穏やかな生活ができるのだと、顔をほてらせていた。

ドリノ氏の予約してくれたホテルは、フォンテンブローの町からややはなれて、森の端にあった。主人はドリノ氏の親友で、退役の陸軍大佐で土地の名士であるが、朝から待っていたと、ポーチへ飛び出して迎えた。

部屋も、夏には殆ど全部予約があるが、当分の間は好きなところを選ぶようにと話して、すぐ庭の樹蔭に寝椅子を持ち出して、休ませてくれた。

脈も九十、熱もなさそうで、先ず安心した。スクリーブ氏の友人のO医師が、スクリーブ氏から電話があったからとて、間もなく訪ねて来た。ホテルの主人はO医師と部屋の相談をした。私は二階へあがって部屋を見て廻った。O氏は昼夜窓を開放するのだからと、内庭に向った二間続きのゆとりのある贅沢な部屋をすすめた。

私とA子とは、その贅沢な部屋では経費がかさむであろうと心配したが、ボアロー街の時よりもずっと安く、食事付き二人で一日八十フランと聞いて顔を見合せて安堵した。O氏は医者として来たのではなく、スクリーブ氏に無事着いたことを報告すればよいからと言って、帰ろうとするのを、私は検温するまで待ってもらった。三十六度九分あった。

「パリからドライブして、それだけの熱ならば平熱です。夕食までゆっくり休みさえすればよい。私の必要の時はいつでも参ります」

O氏は顎鬚（あごひげ）をなでながら、そう言ったが、私も異変のないことに安心して、診察を乞わなかった。私はお茶と豊富なクリームを食べると、兎に角上衣を脱いだだけでベッドにはいった。落着くべき所へ辿り着いたと安堵した。開けた広い窓の前には、アカシヤの古木が白い花をいっぱいつけて、空も見えないばかりであったが、部屋のなかの空気は清々しくて、この空気で胸を洗うのだと、独り思った。

A子は共通の化粧室で、熱い湯を出しながら、

「これで、お湯も好きな時にはいれるし、今のお茶とお菓子の様子では、食事もよさそうね。パリより田舎の方がやっぱりよかったわ。ドリノさんがご紹介下さったので、ご便宜をはかってくれたのかも知れないし、ホテルの主人も、森の空気ですっかりご主人も健康になれますよ、なんてさっきも言ってましたわ……貴方の病気が非開放的で、伝染の心配がなくて安心だと、Oさんと話したりして……」

遠慮のいらない日本語で、私の部屋の方へ話していたが、その声もはずんでいた。私はそれで、ここへ転地したことは成功だと思った。やがて彼女の声も水の音も聞えなくなると、A子は外出用の外套と帽子をつけてはいって来た。

「おそいけれど、赤ん坊の顔を一寸見るだけでもよいから、行ってきます」

「あしたでもよかろう。それより夕食前に荷物の整理を頼みたいね」

「今日は面会日ですし、ドリノさんにお礼も申上げなければ——」

「下で、自動車を呼んでもらったらいいだろう」

「さっきお願いしたの。そしたら、ホテルの主人が、街まで行く用があるから自分で運転して行ってくれると言うのよ……この次から森のなかの近路を歩いて行くわ」

A子は全く見違えるほど潑剌として、いそいそ出て行った。歩いて行けるところに我が子がいるのだと考えることは、私にも穏やかな幸福に包まれる感がした。その子供をもう二カ月も見ないが、今日はA子も機嫌よく子供の様子を話してくれるだろうと、A子の帰りが待たれた。

いつの間にか眠ったとみえて、軽く戸を叩く音で、ああ森へ来ているのだと思ったが、思いがけなく黒い頭巾をかぶった尼さんが黒い裾を引いてはいって来た。

「スクリーブ医師のおさしずで注射に参りました」

尼さんはそう言うが早いか、ベッドのそばへ卓子(テーブル)をはこび、その上に注射器などをひろげて、アルコール・ランプに灯をつけた。尼さんの顔は窓近いアカシヤの緑が反映して、血の気のないように蒼白に見えたが、若くて端麗な面立ちに、私は目がさめたようである。

尼さんは私の驚きなどには無頓着にカンフル液のはいった小さい硝子瓶を切ろうとしたが、私はあわててとめた。

パリを出発する時に、スクリーブ氏から尼さんのことを聞いてはいたが、重病人らしくカンフル注射をするのに、もう嫌悪を感じた。私もここまで来たのであるから、第二期の療法があろうと素人らしく考えたが、尼さんはさも私が注射の苦痛を厭うかのように、悲しそうな表情をして、「忍耐です」と言った。

「カンフルでしょう。今朝もして来て熱もありませんから、私の可哀相な肉体を、暫くカンフルから休養させてやりたいのです」

そう私は穏やかに答えて、注射を受けようとしなかったが、若い尼さんは私の言葉の意味を探りでもするように、翳(かげ)の多い碧(あお)い目をじっと私の顔にそそいで、もう一度「忍耐です」と言って、静かにアルコール・ランプを消した。

私はその後、病気の全快するまでの長い歳月、「忍耐です」と幾度自分に言い聞かせたか知れない。しかし、「忍耐です」という言葉は、この時美しい尼さんからはじめて聞いたように、身にしみて印象にのこった。

第六章

……その尼さんは、それから二日おきに朝まだ私がベッドにいる時刻に、アルコール・ランプと注射器を抱えて、私の部屋にしのぶように黒い衣裳の裾を引いてはいって来た。

その都度、きまって「スクリーブ医師のおさしずで注射に参りました」と、同じ言葉を言うきり、挨拶もせずに、枕卓の上にアルコール・ランプをおいて灯をつける。

カンフル注射が終ると、また必ず「忍耐です」と言って、すうっと出て行く。

A子はその尼さんが気味悪く不吉だと言ったが、私は言葉尠ない態度に興味を感じた。注射は不器用で、注射器がさびているのかと思われるほど痛かったが、磨いてつやの出たような顔に目鼻立ちの整った線を、注射する刹那緊張させる様子も、見ていて面白かった。やがてどんな風にこの尼さんが神の話を持ち出すのであろうか、想像しながらその時を待つ気持もあった。

しかし、尼さんに数回注射してもらう頃から、私は自分の体と病気との関係を素人らしく考えて、療法について疑惑を持つようになった。

長く病む者の心に誰でも誘惑のように襲う疑惑であろうが——医者は胸の病気を考慮するあ

まり、胸が全身のほんの一部分にすぎないことを忘れて、私の全身のことを考えてくれないのではなかろうかと。二、三カ月もカンフル注射をして、私の全身は皮膚に何かなし油が浮いたようでもあり、カンフルの香が全身から発散するようであるが、こんな風につづけていてよいものかしらと。その頃もまだ毎朝自分で灌腸をしていたが、こんなことをしていたら腸が働かなくなりはしなかろうかと。胸の病気はおさまろうが、その時全身の機能が減退するようなことはないかしらと……。

私はスクリーブ氏がつくってくれた通りの時間表に従って規則正しい日常生活をしていた。十時半まで部屋にいて庭へ降りる。庭の隅の樹蔭に寝椅子を持ち出して、それに仰臥して読書する。一時頃昼食が終ると、再び庭へ出て、寝椅子に毛布をかけて、絶対安静をする。三時には庭でお茶である。小半時(こはんとき)庭を歩いて、夕食までまた庭の寝椅子で読書する。八時にはおそくも寝る……といったように、なるべくたくさん食べて、できるだけ体力を浪費しないように、心懸ける生き方をしなければならなかった。

しかし、火木土の昼には、ホテルの前に大型の遊覧バスが停って、いつも英語を話す女の観光客の一団がギードブルーかベディカの案内書を持って食堂になだれこみ、しゃべること、食べること。そして、二時頃まで庭で日光浴をしながら案内人の説明を聞く。その忙しくたのしそうな様子は、庭の片隅で絶対安静をしている私をもまきこんでしまう。庭は芝をはり、どうしてこうもきまりきったように、四角だとか円形だとかの花壇をつくるのであろうか、その退屈な整然とした庭の芝生の上へ、若いアメリカの女達が、乱暴に肢をなげ出して喋りたてるのを眺めたり、案内人がフォンテンブローの森や城の歴史や伝統について説明するのを聞いたりすると、三時の検温には必ずふだんより二、三分熱がのぼってしまう。

私は避難所を探すことにした。

広い庭の南の隅は四季咲きの薔薇の垣であるが、小さい紅と白い薔薇の花が通俗的にいっぱい咲いていた。その垣の横隅に小さい潜戸がある。それをくぐると、森の端まで畑がつづいて、ホテルの食膳にのぼるアルティッショや花キャベツやいちごやナヴェ等の野菜を栽培している。畑と庭との境に納屋が二棟ある。畑に面した納屋の軒下は、庇を長く出して広い石畳である。私は畑をつくっている老いた百姓に頼んで、ホテルから寝椅子や卓子を運んでもらって、その軒下を私の避難所として、書物まで持ちこみ、昼間はこの庇の下で仰臥して暮すことにした。

そこから一町ばかり先がフォンテンブローの森林であるが、新緑のころのこととて、森の雑多な樹木が様々の緑の色合を競って話しかけるように、絶対安静のため仰臥している私にせまって来るので、落着けないくらいであった。それほど衰弱していたのでもあろう。落着いて自分をなくし、無念無想になるには、小説を読むより他になかった。

フランス綴の書物は手に軽くて活字も大きく、仰臥して読むのには便利である。小説を読んでいれば、森も空も見えず、からだのなかに胸も腹も感じないで、寝椅子に仰臥した体は静物のようになって微かに呼吸しているだけである。そして、小説のなかの人生が私のからだから私を外へ誘い出して、生きるたのしみを味わわせてくれる。少しの努力もしないで、私をなくしおおせるからか、日に一冊ぐらいの割合で小説を読んでも疲れることなく、熱も一分も動かなかった。

白い顎鬚をみごとにおいた百姓は、畑の仕事をするよりも、私の寝椅子の横で、ぼんやりうずくまって日向ぼっこしている方が多かった。どんな幸福があるのか、言葉を忘れたように無口で、三時になると私のお茶や菓子をホテルへ運びに行き、軒下を私の書斎のようにしつらえ、空箱などで本箱をつくってくれたり、夕方ホテルへ帰ろうとすると、私の毛布を抱えて私の従者のようについて来る。しかし、決して私のさまたげをしなかった。私のさまたげをするのはただ森の存在のみのようであった。

その季節はフランスでも最も気候のよい頃で、毎日穏やかに澄みきって晴れていた。暑くもなく、朝夕の気温の変化も尠なくて暖かく、一日中合服を着てシャツで保温の調節をしなくてもすんだ。風はそよぎもしなくて、たまに雨が降っても二、三十分で通りすぎて、すぐ晴れわたる。そして、フランス特有な美しい黄昏がながくつづいて、なかなか夜にならない。軒下に仰臥していると、朝から晩まで、森林は刻々複雑な色彩をかえて、まるでかおっているように見える。それが私にははげしすぎるのだが、その老いた百姓は終日私の横にうずくまって、森と向きあって、疲れているようである。私とて、雨にけむったり黄昏にかすんだり変貌する森を眺めてはいらだって、森にわけ入ってみようという衝動を感じた。そんな場合、或る時百姓

は私の考えを読んだというように、言葉尠なく、

「自動車ができてから、森はこわれましたよ。わしは自分のポケットのなかのように森を識っているが、もう獲物はいなくなりました。鳥も獣も……人間がけもののように森のなかへかくれるから、鳥だっていられませんや」

と、呟いた。また或る時は、この百姓は自動車のない頃の獲物の多かった森の話を独り言のように話した。それも、穽（おとしあな）にかけて兎をとったとか、羚羊（かもしか）を追いこんでとか、誰に話しても相手にされないようなたわいない話である。

私はできるだけ声を出さないように努力していたので、老人は話を聞いているものと思ったのだろうが、実際聞いていて疲れなかったし、私にもこの百姓がただ一人の相手だった。老人は私をよく森へ誘った。しかし、その森の三キロばかりはなれた託児所にいる赤ん坊をさえ、私はまだ見に行けなかった。ホテルから一歩も外へ出られないくらい衰弱していた。まして、老人に誘われても森へは行けなかった。何のために誘うのかも分らなかった。老人は煙草をくわえて、誘う理由を訊ねても答えなかった。

或る晴れた午後、ホテルの方で異様に騒ぎがたっていたので、お茶をすませてから行ってみると、ホテルの横の空地の小さい会堂で競売があって、村の人々が四、五十人集まっていた。薄暗い会堂の奥で、二人の男が古いルイ十何世式の家具を、やっと二人がかりで高くさしあげては、しきりと七百五十フランと叫んでいたが、村の男や女はお互いに囁きあっていて買うも

のはなかった。男の背後には、古風な椅子や箪笥や絵画などが積み重ねてあった。
私はしかし、そうしたものより、会堂の裏から森の方へ抜けられる小路に、その時はじめて興味をひかれた。その小路がなければ、森へはホテルの前から大通りを遠く迂回しなければ出られそうもなかった。

私は会堂の軒下を伝って会堂の裏へ出てみた。その路はふだん人通りのない森から会堂裏への間道らしかった。森はすぐそばに見える。一町もない。私はふらふら誘われるように森へはいった。森のなかは、もうむせるような新緑で、一尺ばかりの小路が緑の奥へ一本の線のようにつづいている。路は海辺のように細かな砂で、その路のはてに海がひろがっていそうな気がした。

私は路端の草むらに腰をおろして休み、靴をぬいだ、靴下まで脱いでみた。そして三、四年振りに瘠せたわが足を陽の下でじっと眺めた。あわれにも蒼白い足。汗ばんで油がにじみ出て緑をうつしているようである。足先までもカンフルの油が浮き出たのであろうか。体にはじめから注ぎこまれたカンフルの量は、考えれば一升にもなるかも知れないが、このままつづけていてよいものだろうか。全身の機関がカンフルの油でやっと働いているのであろうか。こんなことをしていてはいけない——そう本能的に感じたが、私はふと跣で歩いてみたくなった。両掌に靴をさげて、恐る恐る歩いてみた。

その時の暖かな土の触感、やや痛痒いような砂の触感は十年も忘れていたもののように、全身に異様な感動を伝えた。誇張すれば、少年時代に裸と跣で暮した健康なものが、芯の方で目覚めたとも言うべきか。私は勢いにかられて歩調を速め、どんどんその一本の線の上を進んでみた。息をきらしてはいけないという戒律も忘れて、何かしら、自分のなかのものが飛び出すような勢いにかられて、跣で一心に歩いていた。暫く行ってから、小路からそう離れていない草むらのなかの不思議な物音で、やっと目がさめたように立ちどまったが……

その音を兎か鳥かと疑って息をはずませたが、緑の草の上で若い男女が、さながら鳥か犬のようにたわむれているのだった。

私は胸をつかれたのみで奇怪にも思わず、急いで再び小路を森の奥へ歩きつづけた。やや広い路が見え出したが、その少し前の草原に、灰色のルノーが乗りすててあった。私はその車によりかかるようにして脚をなげ出して休んだ。われるように胸に打つ動悸(どうき)のしずまるのを待った。一分間百九十五打っていた。

小一時間ばかり休んで、やや肌寒くなって靴をはいた。さっきの若い男と女とが緑色のなかをゲランの絵のように近づいて来たので、私もルノーをはなれることにした。

部屋を分って暮しているA子を、その夜はほんとうに気の毒に思ったが、私ははじめて熟睡した。そして翌朝、熱はなかった。可笑しなことだが体に自信が出た。私はその朝灌腸することをやめてみた。自然に出るまで待とうと決心した。恰度、尼さんの来る日であったが、注射もやめることにした。尼さんが消毒用のアルコール・ランプに灯をともす前に、

「マスール、注射はやめにしましょう。もうすっかり健康ですから。スクリーブ氏には私の方からそう手紙を出します」

と、私は言った。

「承知しました」

私はこれが最後であるから、美しい尼さんが神様のことを話し出すものと期待して、待ったが、尼さんは静かにランプを片付け、枕卓の上に使いのこした私のカンフル液の小箱に蓋をして、出て行こうとする。

私は呼びとめるようにして、

「あの、今日までの注射代はいくらでしょうか」

と言ったが、尼さんは私の意をさぐるかのように、じっと私を見て、はじめて硬い表情をほころばせて、

「お散歩の序にお御堂(みどう)へお立ちより下さい。その時、貧しい人々にめぐんでやって下されば」

と言った。

そして、もう「忍耐です」とも言わずに出て行った。

私は尼さんの微笑に、自分があわれまれていることを感じて、いつまでもその微笑が忘れられなかった。それればかりか、病臥以来、ずっと心にかかっていた神の問題を、その後考える度に、この微笑が謎のように眼前に彷彿とした。

＊

……A子は毎日のように託児所へかよった。ロッシェ・ダヴォン通りのホテルとプロバンス通りの託児所とは、フォンテンブローの町をはさんで東南と東北の端であるが、母親の足には遠くも感じないものらしかった。

宮殿の外壁を伝って、白門の前から駅へぬける近道を教えられてから、三キロそこそこだとA子は愉しそうに言っていた。時にはホテルの主人が買物に出る自動車に乗せてもらったり、託児所のドリノ夫人がマガザン・ミリテールに買物に来る序に寄ってくれたり、時には駅から馬車で帰ったりしたが、普通は徒歩らしかった。

ドリノ夫人は、妊娠幾カ月か運転台によく坐れると思うほど大きいおなかをして、自動車を自ら運転して託児所の子供の食物を買いに来て、

「ムッシュの顔を見なければ帰れない」

などと、笑いながらアカシヤの古木の下に私を見に寄っては、赤ん坊に歯が生えたとか、今日から小スイス（チーズの一種）を食べるのだとか、いろいろ子供の消息を伝えるのだった。

「森の空気がムッシュに生気を与えますよ」

ドリノ夫人の口癖であったが、活動的な夫人が一寸寄ってA子や私に旺（さか）んに喋りまくると、臆病なA子も自然に元気になって、便乗させて下さいと呼びとめるほどになった。そして、託児所から帰るとA子は夕食の席で、一人でたのしそうに子供の話をした。

私はあらゆる場合、無言の行をしていたので、ふだんA子も話題がなくて、食卓では二人とも怒ったように黙っているから、同宿の人々は、私達の仲がしっくり行っていないように、好奇心をもって見ていたらしい。

私は病臥以来見たことのない子供のことを、A子の報告からあれこれ想像して、胸をあたためた。そして、寝る前に毎晩、絵ハガキの裏に小さい文字で、子供に遺す言葉や子供の日誌を書きはじめた。たいていの場合、絵ハガキ一枚、時には二枚。これがフランスへ渡ってから私が閑文字を書いた最初である。其の後もずっと書きつづけて、旅行する先々の名所絵ハガキに、六、七百枚も書いたろうか、今にしてその絵ハガキの束を読んでみれば、赤ん坊の日誌であるよりも、私の旅日記であり、私の心の日記でもある。

A子は町で婦人帽をつくる家を探して、そこへ婦人帽の製作を習いにも行った。コルドンブルーの出店のようなところへ、フランス料理を習いにも出掛けた。赤ん坊にいやでも当分はフランス語を話さなければならないから、もう一度フランス語を真剣に勉強するのだと言って、町の女の先生の家へもかよった。A子にはパリが広すぎて、手におえなかったが、人口一万の優雅なフォンテンブローの町は、遠慮がいらなくて住みよかったのであろう。毎日活潑で、不平や愚痴を忘れたようである。それに、パリにいる間は、私の生活がよく分らず、私について行けなくて、いらだっていたが、ここでは、殆ど人にも会わず、秋の学期に出席できるようにひたすら静養に努めているので、A子はその静養を助けているのだという、彼女のドメスチックな性格に相応しく、張合があったのであろう。

彼女は両親の生活から判断して、妻としての任務や歓喜を彼女らしく予めつくって私に嫁いで来たのだが、それが私との生活にはあてはまらないので狼狽して、自己を省みる前に、ただ私が解らないとて、歎いたり、疑ったりして苦しんでいた。ところが、この森に来て、はじめて二人きりになって妻らしい任務ができるような、安心を得たらしかった。悲しいことだ。それに加えて、子供を毎日眺めて暮していれば、離別したいと幾度も思った私と、子供の肉体の上では、墓の向うまで結ばれてしまったと、母らしい強い諦めが生じたのかも知れなかった。

私とて、もろい肉体でいつ死ぬか分らず、そうした妻をあわれみ、却ってよろこばしいことと思わなければならなかった。彼女を家庭から受けついだ殻から脱皮させて、自分の生きようとする世界へ引込もうと三年以上も精進したつもりであったが、それが徒らにすなおな彼女を苦しめ、性格まで歪曲させるのならば、暫く彼女なりな生き方の発展を見ようと、私は思った。病人らしい利己主義であろうか。


……私もカンフル注射をやめた日から、午後お茶の後に、努めて散歩に出た。

散歩も町の方へ出ずに、ロッシェ・ダヴォン通りを森に沿って行くのが常であった。ホテルは町はずれで、ロッシェ・ダヴォン通りを行くとすぐ山林官の家があるばかりで、右手は森、左手は畑で、ところどころ民家がある。右手の森にはいったら、吸いこまれるように紛れこんでしまいそうな惧れがあるので、同じ路を引返さないためには、左の方アヴォンの野へ出ることにした。そちらには貧しい農家が点々として、ミレーの絵からぬけ出たような百姓によく行き合う。そういえば、私の従者のような老百姓も、その農家から来ていたのだった。

　或る日曜日の午前、私がその散歩に出て、墓地の横からガンベッタ通りに抜けようとしている時、偶然彼にぶつかった。みぎれいに黒い背広に黒い帽子をかぶって、肥ったおかみさんと腕を組んで歩いていた。おかみさんは背も高く胸が頤(あご)へつかえそうにもりあがって肥っているので、瘠せて小柄な鬚の老人は、腕をくんで引きずられているような滑稽な恰好であった。それにも拘らず、無口な老人は私に、「ムッシュも教会へ行きませんか」と、すすんで誘う。面白いことがあるものだと、私も二人に従った。あの美しい尼さんが言ったお御堂がその教会に付属しているのではなかろうかとも思って。

　私は教会の方へ歩きながら、老人に、森へいつでも案内してくれと頼んでみた。というのは、老人はご機嫌で、この日本人は学者だがわしの友達だとか、日本は東洋のフランスだとか、しきりにおかみさんに話すので、私は老人が気の毒にもなり、しばしば森へ誘われていて、果さないことを思い出したからであるが、おかみさんは私の言葉で、「あんたはムッシュを森へ誘惑したんですか」と、老人をきめつけた。

　老人はてれかくしに、「ムッシュは病後を静養しているのだから、森へ行っても散歩だけだ」と、弁明するのを、おかみさんは「それがあんたの悪い癖だよ、ホテルの大事なお客様まで誘って……」と、がみがみ言い出した。そばで聞く私の方が閉口したが、何か森のなかで密猟でもするのかと好奇心もそそられた。

翌日、裏の軒下の書斎で会った時、私は老人に、森へ案内するようにもう一度たのんでみたが、この時はいつもの無表情な老人になってしまって、「ムッシュはまだ弱いから駄目だ」と、無愛想に答えたきりだった。

教会はホテルから遠くなかった。期待したようにお御堂も付属していなかった。ミサがあるらしく、老人夫婦の後につづいてはいったが、なかは薄暗く冷え冷えとしていた。

私は風邪をおそれてすぐ出た。教会の前を僅か西へ行くと、宮殿の赤門（ポルト・ルージュ）へ出た。赤門から宮殿のなかの美しい庭園や運河がまともに見える。私は暫く佇んで宮殿を眺め、アメリカの観光客に説明していた案内人の話で、この宮殿にトリニテという十六世紀のお御堂のあるのを思い出したが、そこにあの尼さんはいるのであろうか。宮殿がホテルからこんなに近いのならば、私もこの庭園に散歩に来て、お御堂へもお詣りし、ナポレオン一世の政務室やマリー・アントアネットの寝室などを、のぞいて見ようかと、考えたりした。

……それから二週間もしてから、スクリーブ氏が、突然訪ねてくれた。友達として訪ねたと言っていたが、診察してくれた。異変はないが、散歩が多すぎたと、不謹慎を責められたのだ。まだ三十分以上の散歩をしてもいけないし、ホテルの庭から出ては刺激が強すぎるとのことであった。

スクリーブ氏にそう注意されるまでもなく、私は自分の体がもろく毀れそうな不安を持っていた。散歩の折平坦な路を歩いても、ややもすれば息切れがして、動悸がすぐ高く鳴った。その息切れも動悸も寝椅子に仰臥して暫くすれば、平静にもどるし、熱も散歩直後検温するのと一時間後するのとでは一度以上も上下があるので、素人らしく、病後運動になれないからだ、と一人ぎめにしていたが、内心では、衰弱が甚だしいからだと、なかなか危険を衷に感じていた。死を考えないのに、よく死の夢を見るのも、肉体自身が本能的に危険を感じているからだと、愚かな推論をすることもあった。

それ故、スクリーブ氏が、「こんなに不謹慎をしても、再発しないのだから大丈夫だと結論をせずに、不謹慎をしても再発しなかったのは、偶然で、全く天佑だったと思わなければいけません」と、忠告してくれたのも、誇張ではなく、すなおに身にしみて、再び軒下の寝椅子に仰臥して自然療養をするように、決心した。

しかし、たとえ軽微にしろ胸の病気には、執拗な闘病を要することを自覚しなかった頃のことして、軒下の寝椅子に仰臥しながら、私は秋の学期までに研究所へもどれるだけ健康になれるか、ぼんやり不安を感じ出した。

特にアカシヤの花もとうに落ちて、つづいて垣の薔薇も散り、森の緑が濃くなって、真昼に時々微風もなくて、森の吐息のような蒸暑い気を感ずることがあると、もう間もなく夏休暇になるのだがと、恢復のおそいのに焦慮して、やはりブザンソン博士の勧告に従ってスイスに行かなかったことが失敗ではなかったろうかと、考えたりした。真夏になる前に、スイスに出発して、せめて夏中を高原で過したらば、秋には元気にパリへもどれるのではなかろうかと、森林のはたで息のできないような気持のすることもあった。

恰度その頃、九大の菊池君が日本から着いたばかりの奥さんと一緒に、森に見舞に来てくれた。パリ大学の夏休暇になり次第、ベルリンへ出発するのだからお別れだというつもりらしかった。その夜は禁を破っておそくまで話しこんで、菊池君夫妻はホテルに泊った。森に鳴く夜の鳥を聞いて、菊池君達はこんな処で静かに勉強できたらと言っていたが、A子は健康な夫妻を非常に羨ましがり、自分がつくづく不幸だと、私の枕もとでかこった。

菊池君に会うと、私もスイスに行こうと考えるようになった。菊池君もどうせ静養するなら変った土地を見られるだけでもよいからと、それをすすめてくれた。

それから数日して、メルシエ君がディジョンへ帰省する途中寄った。その前日から夏休暇になったと言う。メルシエ君はシミアン博士の研究室の模様を詳しく話して、この学期で彼は研究室を退(ひ)かなければならない事情を打明けた。彼はアグレジェ（教授資格者）でないために、公立の中学校に就職もできないが、近頃のような物価高では、いつまでもパリにとどまることができないので、ディジョンで何かの職業について研究をつづけるのだと、語っていた。シミアン博士もいろいろ心配して、ディジョン付近で教職につけるように骨折ると約束したので、中学校の先生になれそうな希望もあると話していた。秋の学期の私の論文の最後の部分ができたら送って欲しいとも頼んでいた。そして、ディジョンの郊外で、彼の帰省を待つお母さんのことを話して、私にも旅の途中に彼の家へ寄るように熱心にすすめた。

昼食をともにして駅にも送って行けずに、ホテルの横の町の城門の前で、私は三年間机をならべて研究をともにした友と、それが最後になるかも知れない別れをした。メルシエ君の出発も、理由はないが私の心をスイスの旅へ誘った。

それればかりではなく、それからはさも私の旅行前にお別れに来たというかのように、知人が次々に森へ訪ねてくれた。メルシエ君に会って三日目、マッセーさん姉妹が、その翌日には、ラバスール君がシミアン博士ご夫妻を誘って、わざわざ森へ来てくれた。

第七章

……マッセーさん姉妹はいつも喪服を着ている。ヨーロッパ大戦以来喪服をぬいだことがないと言っていたが、尼さんのようである。妹さんの方は、その日、はじめて黒い帽子に紫色の造花をつけて来た。妹さんといっても、五十近い婦人で、オーストリアの皇室に、多年姫宮の家庭教師として招聘されていたが、欧州大戦と同時に公債と年金を貰って帰国したが、大戦後オーストリアの皇室はスペインに蒙塵して年金はもらえず、オーストリア公債は紙屑となって、その日の生活にも苦しんでいる状態であった。一時東大の横田君にもフランス語を教えていたが、国際連盟の問題で横田君と議論し、国際連盟の欺瞞性をうるさく述べて、そのためによい生徒をなくす機縁をつくったりした。

その日は私の子供に護身用の金メダルを持って来てくれたのだった。そのメダルも、マッセーさん姉妹がはなやかな過去の記念のなかから、徐々に手放して行った宝の一つらしく、聖母マリアがキリストを抱いた像をみごとに彫ってあって、長く細い金鎖がついていた。

「マドレーヌの大僧正からわざわざ祝福してもらって来ましたから、これをかけてあげたら、両親からはなれていましても、赤ん坊は必ず神様がお護り下さいますから」
と、妹さんは言っていた。

暖かに晴れていたので、ホテルの庭で昼食をすませて、私もマッセーさんやA子と一緒に、馬車で託児所へ行った。病気以来はじめて子供を見るので、馬車のなかでも落着けなかった。不思議なものだ。

赤ん坊は全部庭に出ていた。大型の乳母車が十数台ならんで、そのなかに寝かされていた。乳母車のほろを半分かけて、頭部に太陽の直射をさけているが、脚の方はキュロットから全部出して日光浴をしながら、ぱたぱた動かしている。

私は洋服の上から、大きな手術衣のような白の清潔な託児所の備品を羽織ったが、病菌のことを気にして、なるべく赤ん坊に近寄らなかった。

赤ん坊はわが子とは思えないほど成長していた。まるまる肥って、健康に陽に灼けた腕や脚を元気よく運動させていた。ドリノ夫人は、手のかからない子供で、半裸体でころげさせておいて大きくなったが、白人の標準の赤ん坊よりも発育がよいです、と、歓待しながら、ほめたり自慢したりしたが、マッセーさん達も大きくて健康だとしきりに感心して、はしゃいだ。赤ん坊もしきりに笑って大人にこたえた。目も小さく鼻もひくくて、その横の毛唐の赤ん坊にくらべて、お世辞にも美しいとは言えないが、眺めていると目頭が熱くなった。今少しで父（てて）なし子になるところだったと思うと、あわれである。

「可哀相に、鼻が米粒のように小さくて、娘になったら悲しみの種子になるだろう」

そう、私は自分を紛らわしたが、マッセーさんは、

「肥っているために、頬が出て鼻がひくいように感じられるのね。大きくなれば、鼻も高く出ますね。兎さん」

と、赤ん坊に話しかけながら、やはり気になるらしく、赤ん坊の鼻をつまんでひっぱった。

赤ん坊先生大きく顔をしかめるので、思わずみんなふきだした。

こんな風に子供の様子を見ていると、病気も仕事もなくなってしまう。

面会日でないので、託児所の庭にいるのは私達だけであるが、他の赤ん坊達も面会人を求めるのか、乳母車のなかから、「アー」とか、「オー」とかお猿のように呼んだり、がたがた車をゆすったりする。

保母さんが、「いけません」と言って、人差指をたてて乳母車の前を一巡すると、納得するのか、どの赤ん坊も静粛になる。

やがて、おやつの時間になって、二人の保母さんとドリノ夫人と、赤ん坊達の食物を庭へはこびはじめると、あっちからもこっちからも、意味のない叫びがあがる。まるで動物園の動物のようで、驚きもしたが、可笑しかった。マリはタピオカの煮たのと、牛乳とをもらった。A子が食べさせたが、タピオカは喜んで食べるが、牛乳は口から吐き出す。

「マリコの牛乳を吐き出すのは、一種の遊びですから、根気よくおさじで口のなかへ入れてや

って下さい」

と、ドリノ夫人の注意である。

「どの子も癖がありまして、この小さいカナダ人は、タピオカというと、必ず口をつぐんでしまいます。ごらん下さい」

と、無理にさじで真赤な顔の赤ん坊の口を開けて、食べさせている。

「タピオカがきらいだというよりも、食べさせる私を、一寸からかってみるのですよ。なかなか意地悪さんです」

と、ドリノ夫人は笑っていた。

「どの子供も根気です。きらいだと思って、本気にしたら、栄養不良にしてしまいますし、わがままな子供にします」

とも言った。

どの子も食欲があるらしいのに、食べさせるのに手こずらせている。私はこの光景を眺めながら、産れて一年ばかりに性格が形成されると主張するドリノ氏の説を思った。

赤ん坊がおやつをもらってしまってから、託児所を引上げた。スイスに出発する前に、もう一度訪ねられるか分らないので、一寸淋しかった。マッセーさんは護身用のメダルをドリノ夫人に説明して渡した。夫人はすぐマリの頸(くび)にかけた。気をつけて見れば、他の赤ん坊も形こそちがえ、めいめい護身用のメダルをかけている。迷信ではなく、わがふところからはなしておく子供に、親の愛情と祈願とをこめてあるのだろう。

帰りの馬車で、マッセーさん姉妹は託児所の設備のよさやしつけのよさや親切なことをほめて、埃っぽいパリのアパルトマンで育てるよりも、安心であると話した。しかし、いつどんな不幸にあうとも限らないから、赤ん坊に洗礼を早く受けさせるようにと、熱心にすすめた。

私はカトリック教をもっと識りたいという熱望を伝えて教義を識ってから決心したいからと軽くさけた。それから、注射に来てくれた尼さんの話をしたが、マッセーさんの話では、アヴォンに十世紀のお御堂があるが、そこの尼さんであろうという。アヴォンならばホテルからも遠くない。そのまま、馬車でアヴォンのお御堂へ行ってみようということになった。

アヴォンの村はずれに小さい朽ちた石造のお御堂があった。屋根がとがり、入口には半円のアーチを取りつけて、なかなか面白い形である。お御堂の裏に三人の尼さんの住居が付属しているが、マスール・ジョルジュは、朝から気の毒な病人のところへ行っているということであった。私はいくばくかの金を喜捨した。

……シミアン博士夫妻が、ラバスール君に案内されて見舞ってくれたのはA子がパリの三井物産に金をもらいに出掛けたばかりの時であった。

十時半頃、裏のアルティッショの畑のなかを歩いていて、薔薇の垣の潜戸から、宿の主人に案内されて来た三人を見て、吃驚した。特に、シミアン夫人まで来てくれたことには驚いた。

謙遜な婦人で、公な会合などにやむなく出席する場合にも、目立たない服装をして、博士のかげにかくれているようにつとめているし、家でも女中も使わず、はじめて博士を訪ねた時、家政婦かと間違えたほどつつましやかな態度の人である。その日も、A子に会うことをたのしみにして来たのにと、残念そうにしていた。

私は三人を庭の方へ案内したが、博士もラバスール君も、私の健康そうな様子に安心したと言った。私はフォンテンブローへ来てからの経過や夏の計画などを語ったが、ラバスール君は、森のなかで昼食をしようとて、シミアン夫人が昼の弁当を車に積みこんで来たから、疲れなければ一緒に出ようと誘った。ラバスール君は私達夫婦も乗れるように、友人から大型イスパノを借りて運転して来てくれた。

私も宿へ頼んで、大急ぎで冷肉やパンや果物を籠につめてもらって、贅沢なイスパノにのりこんだ。

病人車のように揺れないだろうと、ラバスール君は自慢して運転した。

私は博士夫妻の間にかけたが、博士はすまないほど私をいたわって、研究室の模様を話したり、同僚の研究論文について批評したり、フォンテンブローの森が二万ヘクタールもあるので、空気がしめっているから、スイスへ行くようにと勧めたりした。特に、欧州大戦に四十歳を越えていたのに志願して、出征して、その結果胸を患って療養した経験などを語り、スイスも高い場所を選ぶようにとも注意した。私の論文も、秋の学期にはタイプに打たずに、ただ読みあげれば通過するから、論文や研究のことは気にかけずに、存分静養するようにとも話した。博士夫妻も二、三日中にサボアのアヌシー湖畔へ行って夏をすごすが、スイスの帰途、もっと健康になってアヌシーへ立寄るのを待っているとも言った。

実際森は広かった。自分のポケットのなかのように識っていると自信ありげなラバスール君に、「君は同じ道をぐるぐる廻っているのではないか」と博士は背後から冗談を言うほど、休憩予定地のロッシェ・カスポに出なかった。ようやく、森のなかとは思えぬほど見晴らしのよい峨々たる岩ばかりの所へ出た。岩蔭の日向で、持参の弁当をひらいて小宴がもうけられた。シミアン夫人は私とA子の分まで、サンドイッチ、ハム、卵、バナナ、赤葡萄酒を用意して来てくれた。

贅沢なラバスール君は、ナプキンやフォークやナイフやコップをたくさん出して、食後、アルコール・ランプで珈琲までいれた。食器の籠の底に、日本の古い小学読本の巻の二をしのばせてあった。

「君に話すのを忘れるところだった。今度帰るのにおふくろへ土産をやっと見つけたんだ」と、自慢して小学読本を見せた。

彼のお母さんは、私達を迎える日のためにといって、日本語を習いはじめて今読本の巻の一をもっているが、新しく異邦の言葉を習うことに、若やいだよろこびを感じているという。たとえミディの別荘へ私達を迎える喜びを、持てなくても、年老いて再び未知の世界を知る喜びを与えてくれたことを、私達に感謝しているという。そして、ラバスール君に夏帰省する時には、パリで巻二を探して土産にという切なる頼みで、あらゆる手蔓をたよって探したが、ギメ博物館の誰かにやっとゆずってもらって、安心したのだという。この巻二が手に入らなければ、夏休暇になっても母堂のもとへ帰れなかったと笑っていた。

この岩蔭の饗宴が、私のフォンテンブローの森の生活の別離の会でもあった。

博士は、

「人間は時々自然にかえって瞑想しなければならないが、自然といっても遠くブルターニュやアルジェリアへ行くまでもなく、パリから一時間の場所にアフリカがある」

と、夫人に微笑していたが、夫人もつつましくうなずいていた。博士夫妻には、若いラバスール君や私が賑やかすぎたのかも知れない。

カスポからデヌクールの塔へ出て、バルビゾンへ廻ってパリへ帰るという一行に、デヌクールの塔の前で偶然に馬車をひろって、私は別れることにした。悲しい別れであった。

＊

……私はスイス行きをA子に話すことを躊った。折角赤ん坊のそばで幸福になっているA子を、再び不機嫌にしそうで可哀相である。A子が欲するならば、ここに残して一人でスイスへ出発しようかとも考えた。A子もホテルの人々とすっかり馴れたし、二、三カ月間、私一人療養の旅に出ても困るまい。

スクリーブ氏からは、スイスへ旅行しても大丈夫な体力ができたからとて、結核都市レーザンの療養所の医師と、クラランの友人とを紹介してくれた。療養所にはいるのでなければ、モントルーの上のコーで暮したらとも忠告した。コーは海抜千八百メートルなので療養にもよし、交通も便利であり、クラランの友人を信頼できる医者として持てる便もあるからと、すすめた。

私はさっそくギードブルーのスイス篇で地理をしらべて大体コーへ行くことにきめ、ホテルも手頃なマリアに部屋の有無を問い合せた。

シミアン博士が見舞ってくれた日の夕方である。自動車をのりまわして疲れもし、久振りに博士に会って興奮をして、ベッドでやすんでいた。

A子はパリから帰って、三井物産宛に五十ポンド思わざる送金があったといって、よろこんだ。私はシミアン博士達が見舞ってくれて、秋の学期までスイスに旅行したらとすすめたと、話した。A子が希望ならば赤ん坊のところにのこって、一人で出発してもよいと話した。

「一人じゃむりでしょう。夏のスイスも見たいから、私も行ってもいいけれど。でも、療養所にはいるんじゃないでしょう」

「いいや、スクリーブ氏もコーへ行けというし、二、三カ月、スイスの高原のホテルで暮したら、秋には論文発表もできるだろう」

「ホテルなら、私が行かなけりゃ、困るでしょう。別れてて心配するのなんかいやだわ」

「それなら、ホテルがあり次第、スイスへ行こうね」

「でも、一週間先にしてね。それまでに支度もあるし、赤ん坊の処へだって、せいぜい往っときたいわ」

私はすぐパリにあるスイスの旅行協会に交渉して、切符とホテルの世話をたのんで、結局七月のはじめにやっと出発できた。

A子は荷物をわけて、残りをホテルの地下室へあずかってもらったり、赤ん坊に種痘してもらわなければと心配して交渉したり、スイスで金を受けとれるように信用状を作ってもらいにパリへ行ったり、なかなか忙しそうであった。

出発の二日前の午後である。その頃では、アルティッショの畑のそばは土の香がむせるようで、芝生の庭の方へ寝椅子を移していたが、樹蔭で仰臥しながら読書していると、A子がホテルのホールから笑いながら、芝生の上をかけて来た。

嘗てみたこともないほどたのしそうな様子で、晴れた芝生の色彩の鮮やかな影響で、私の錯覚かとあやしんだが、大きなマロニエの蔭に来ると、

「思いきって切ってしまったわ」

と、断髪したうなじを、私の方に向けた。

A子は帽子を買うたびに、髷（まげ）があるために、かぶれる帽子がすくなくて、いつも髪を思いきって切ろうかと迷っていた。わざわざ日本の母へ手紙で相談したけれど、髪だけは切らないよ

うに、日本へ帰ったら着物がきられなくなるから、とさも一大事というような返事が来たことがある。そんな手紙を見せられると、いつまでも母から独立できない彼女に、渋い顔をしたくもなった。私としては、彼女が髪を切ろうが切るまいが問題ではなく、将来も洋装するつもりであるから、帽子の型を崩すような無用な髷などけずるなり、とるなりしたら、却って清々しかろうと思われた。

「夏帽子を買おうと寄ったら、頭のはいるような帽子がないでしょう。その髷は飾りにもなりませんねなんて、女主人も言うでしょう。思い切って洗髪してもらう時に断髪にしましたわ。かるくて頭のなかへそよ風が吹きこむようよ。もうくよくよすることなんか、ないみたい」

A子はうわずった調子で言った。こんな調子も珍しい。スイスへ旅に出られるほど健康になったと、ひたすら喜んでいたのであろう。スイスへの旅から帰れば、その次はイタリアの旅をして、日本へ帰れるのだ。その点、スイスの旅は、日本へ帰る第一歩でもある、それほど私が健康になったのも、自分の力である、そうA子は喜んでいたようである。髪を切ったというのは、日本の母はなんと言おうとあなたの妻になりきるのだ、離婚するなどと考えたのは悪かった……と、言いたくて、言えない性分のA子の意思表示であった。

……スイスの旅も疲労しないようにと心をくばった。前夜、パリの駅前の小さいホテルに泊った。コーへ明るいうちに着くような汽車を選んだ。国際列車の寝台で目をさまして、窓掛を引くと、碧いレマン湖が朝の陽をうけて、額縁にはまったように窓にうつっていた。列車は湖畔を縫って、窓には刻々と色彩の鮮やかな絵画が展開されるが、その光と色の澄んだ美しさは、蘇生したような感慨を私にいだかせた。大きな白鳥が紺碧な岸辺に浮んだり、なだらかに岸へ傾斜する緑の牧場の、白い微細な花々を無数につけた樹蔭に、牛の休んでいる通俗的な風景が、澄んだ光のために世にも珍しく感じられた。

「ああお父さんに見せてあげたいわ」

と、A子は呟きながら、朝の身じまいをしていたが、私もこれでスイスへ来たと、旅の疲労も忘れてほんとうに病気を克服したようなさわやかな気持がした。

これはスイスに特殊な空気のせいであろうと思われる。というのは、十二時過ぎにモントルーに着いて、湖の見えるホテルで昼食をしたが、私は自分の体が軽くなって、肺臓の存在を忘れてしまったから。病気というのは、病気の場所を常時意識する状態である。肺臓の存在を忘れた刹那に、胸の病気が全快したように感じられる。私は食事をとりながら、脚下に見おろした円形の古いシロン城の伝説をA子に話したりした。

A子は私が話しすぎて熱が上りはしないかと心配した。私はすぐに登山電車でグリヨンからコーへのぼろうと急いだが、A子は一、二時間、菩提樹の蔭で休息しなければ、熱が出るからと言って、承知しなかった。

ホテルの庭の菩提樹の蔭に、籐椅子を二脚あわせて、寝椅子のようにしつらえ、脚をなげ出したが、これから登ろうという登山電車は、湖から絶壁のように切りたった緑の山膚を玩具のように小さくよじのぼって見える。グリヨンの町の別荘も途中の緑の中に点々として、そのずっと上の、青い空に近いあたりに白く城のように見えるのが、コーのパラスホテルだという。私が選んだホテルは、パラスの横だと、旅行協会から通知があった。

「海抜千八百メートルってずいぶん高い所ね」

A子はすぐそばで絵ハガキに、スイスに無事に着いた便りを、性急(せっかち)にも日本へ書いていたが、そんなことを言って、私が指で示すコーを仰ぎもしなかった。

私は千八百メートルとはもっと高いところを予想していたので、コーがあまり低くて千メートルもなかろうと多少失望した。高ければ高いほど肺の療養にいいのだと聞かされていたので、もっと高度の場所を選ばなかったことを後悔した。しかし、ホテルの若いボーイは、

「グリヨンは八百メートルです。コーは千八百メートルです。低いように感じても、このモントルーが四百メートルですから、錯覚を感ずるのです」

と、スイス人特有のきちんとした物腰で説明した。

ホテルから登山電車の登り口まで古風な馬車があった。そこまで馬車で何分、手荷物をあずけるのに何分、電車の発車まで何分と、ボーイはきちんと時間を計算して、馬車をやとって馭者(ぎょしゃ)にたのんでくれた。最初逢ったスイス人が時計のように正確なのも、国柄のよさを思わせた。馬車の馭者がまた時計のように正確であり、駅員もはきはきして親切で、さすがに時計の産地

だと、微笑ましい。

登山電車をコーでおりた時には、山頂へ出たようにからっとした。宮殿のような二軒のホテルを中心に数軒のホテルが、澄んだ緑のなかに散在していて、私達の心も浮きたった。ホテル・マリアのボーイが駅に待っていてすぐに案内してくれた。

マリアは四階建の近代設備のととのった清潔なホテルである。玄関に迎えた主人夫婦は、すぐ私達を兄妹だと思いこんでしまい、お若いのに、よくお二人ではるばるここまで旅行できましたねと、まるで少年扱いにした。小さいベッドのある部屋を二つと申し込んであったからでもあろうが、スイス人にも日本人の年齢は分りにくいらしく、髭をおかない私が、十七、八にも見えたろう。夫婦だと説明するのも面倒で、兄妹のような顔をしておいた。

部屋は三階の南向きに、二間つづけてとってあった。南側には二部屋共通のベランダがあって、ベランダからもお互いの部屋に出入りが可能である。ベランダには籐椅子と卓子が出ていたが、私はふとベランダに出て、その眺望に息がつまるほど感歎した。

宿の主人は「ここはコーでも特等席です」と、自慢したが、レマン湖が遥か真下に一望のうちにおさまっている。右手には、朝汽車で経て来た湖畔のクラランから、ローザンヌの街まで見えて、微かにけぶっているのがジュネーブだろうという。左手には湖がつきて、シンプロン行きの汽車が山岳にはいるまで見える。そして、正面はフランス領オート・サボアの山々が重なり合った上に、やや左方に水晶のようなモン・ブランがのっている。それから、まるく地平線を色どってたなびく藍色(あいいろ)の空の色――あちこちヨーロッパを旅したが、これほど美しい空を見たことがなかった。風景に無関心なA子も、暫く眺めて吐息をしていた。

「マダム・デュマレがスイスは夢の国だと、言っていたけれど、フォンテンブローの風景なんかこれに較べると、よごれて、却って現実(リアル)な感がするくらいね」

A子はそんな生意気なことを言った。実際、私も風景に無関心であるが、ここでは暫く口をきけないほど見惚(みと)れてしまった。疲れていることを慮って上衣だけを脱いでベッドにはいったが、ベランダに通ずる大きな窓を開けたまま、わずかに見える空の色を眺めていた。刻々その空の色はかわって行った。

A子は私の枕卓の下へ、灌腸用の便器をがちゃがちゃ音をさせてはこび、すぐ検温するように、体温計を出した。便器を貴重品のようにさげて歩くような侘しい旅であった。私は空気の軽さが全身に感じられて、ふだん何となく全身にあった倦怠感が、去ったような気持がしたが、それは高山へ出たという心理作用ばかりではなく、熱も長い旅行のあとに拘らず、平熱より僅か二分高いだけであった。

この調子ならば、ここに二、三ヵ月養生していれば必ず秋の学期には、パリへ帰って最後の研究発表ができる。そんな自信が弱い体に油然(ゆうぜん)と湧いた。

「夕焼ですわ、ご覧になりませんか」

A子がベランダから、やさしく呼んだ。こんな優しい声も、ヨーロッパへ来てからはじめて聞いたような気がしたが、ベッドの上に起き上ると、私の白い部屋も白いベッドも夕映をうけて薄紅にそまっていた。

第八章

……ホテルの部屋の壁には、「結核患者はおことわりします」と印刷した紙が外国人の滞在注意書とならべてはってある。

ふとその紙片を発見した時には、暫く結核患者という文字を眺めて、不快にもなり、あわてもした。ヨーロッパ諸国の結核患者が、海抜千メートル以上の滞在地を求めてスイスに蝟集するからであろうが、几帳面なスイス人は、結核患者だと分れば、規則に従って大事な客をも即刻追い出しかねない。私はもう病人ではなく、普通人の生活をしなければなるまいと、はらを据えたけれど、不吉な書付である。

しかし、暫く滞在してみると、その紙片も健康な滞在客の気休めのためであることが分った。

六、七十人の滞在客は、ヨーロッパの殆ど総ての国の人々で、食堂やサロンでは、訛の多いフランス語を語り合うが、注意して聞いていると、その訛は各々の祖国を響かせている。ほんの僅かな話題にもみんな祖国を代表するかのように、熱心に話しあい、もどかしくなると自国語を話し出すが、フランス語と英語とドイツ語とを、同時に喋りたてて、通訳なしに通じあうのも、国際会議国たるスイスらしい風景である。

そんな小さい国際会議が、毎日毎晩楽しくサロンに開かれても、それに参加しないで隅の方で沈黙していて、夕食がすむと部屋へすうっと引き上げる者が数人いた。その人々は顔色はよくても、みんな結核患者にちがいなかった。その人々の部屋にも「結核患者はおことわり」と書いてあるのだろうし、闘病している者どうしの情愛にかようものがあるのか、お互いに親愛をこめた微笑や挨拶をかわしたり、親しくさえなった者もある。

その一人、パリ郊外ラカナールから来ている三十歳ばかりのフーラル夫人は、私達の食卓の隣でもあり、夕立のはげしい夕など恐怖心から階下のサロンに避難して、雷鳴の去るのを待つ間、わが家のことを偲(しの)ぶのか、子供や良人のことなどもよく打明けるのだった。二年八カ月になる男の子と九カ月になる女の子とを残して来ているとか。地下鉄道の技師をしていた若い良人は、二週間目には必ずはるばる男の子をつれて見舞に来るが、二日泊ると帰ってしまう。

「スイスがどんなに風景がよくても、病気でなければ一日だっていたくありません。しかし、スイスの空気は胸をなおしますから、私はこの冬も此処で越す覚悟です。そしたら来年の春は子供のところへ帰れましょう。人生は或る人には歓楽でしょうが、或る人には試煉(しれん)です。でも、何事も神様のお旨であるとして、我慢ですわね」

と、寂しく笑ったこともある。

「良人が病気して、私が家や子供を護りながら、時々お見舞の旅をするのであったら、どんなに倖せだろうと悲しんでばかりおりますの。まして、奥さまのように、ご主人につきっきりで看護できるなんて、お倖せだと思わなければいけませんわ」

と、A子を笑わせて、子供の写真を見せたこともある。

フォンテンブローに残して来た赤ん坊の写真を示して、私達も他人の手に委せてある子供の上を心配して語ったり、着いて間のないパリの新聞を渡して、慰めたりした。しかし、A子はフーラル夫人が想像するようには決して倖せではなかった。

スイスへ来る時は、私が全快して健康者の生活ができるものと期待していたようである。兄妹のような不自然な生活から夫婦の生活にはいれるものと、漠然と考えていた。妻らしい感情でいろいろ期待して、子供をのこして私に寄り添うように旅へ出たのである。ところが、私の生活は所謂病人ではないから、A子の手を煩わすことが殆どない。そうかといって健康者の生活でもなくて、A子には手のほどこしようがない。例えば、午前中は庭の寝椅子で、サン＝シモンの全集を読んでいる。昼食後はテラスの寝椅子で無言の行をしている。四時頃から散歩に出るが、それも主としてパラスホテルの庭へおりて音楽を聴いたり、レマン湖をへだててフランス領サボアの山々を眺め、アルプスや「南の歯（ダン）」を仰いだりしている。晩は夕食がすむとすぐ部屋に上って、ベッドで小説を読んで寝てしまう……こんな私をA子はただ傍観しているより他にないが、それが、A子には怺えられないほどの倦怠と焦慮とであった。

私はA子に多くの滞在客が喜んでするような日帰りの登山や旅行を勧めてみた。

ホテルでは、時々お客を勧誘して、小さい登山やレマン湖畔の名所見物の団体旅行をするので、それに参加するように話してもみた。やさしいフランスの小説でも読むように、モントルーに降りた序に書物を探したりした。しかし、そのいずれにも興味が持てない。A子には、自分自身の生活がなくて、私のことか子供のことかに、かまっている生活しかなかったからであろう。私のことにも子供のことにも手のくだしようがなければ、毎日この地上の楽園といわれるスイスにあっても、全く無為の生活であり、徒らに金を浪費して一日々々死んでいるに等しく感じたのであろう。風景は如何に荘厳であろうとも、空気や日光は如何に清澄で刻々みごとに変化するとも、一日眺めてしまえば面白くもなく、A子の生活に加えるところはない。

A子は手ぶらな自分にたえられなくて、よく悲鳴をあげた。

「ほんとうに、こんな長くかかるならば、死んでもらった方がよかったわ」とか「ああ、日本がもう少し近ければ、子供をつれて一人で帰ってしまうけれど」とか、「意気地がないことね、べんべんと外国で病気静養だなんて、私なら自殺してしまうけれど」とか。

A子は胸に浮びあがる感情の泡(あわ)を自ら整理できなくて、自制力もなく愚痴として吐き出した。吐き出してしまえば、A子は胸がはれるようであるが、私の心のなかでA子は次々に毀れてしまうようであった。

……私はレマン湖から「南の歯(ダン)」へつらなる山々の傾斜の一角に、しかも、はるかレマン湖にのぞむ懸崖の上に建てられたホテルで、来る日も来る日も暇さえあれば野天で寝椅子に仰臥しながら、宙に浮いたように深い空を眺めていた。スイスに来てから、肺臓の存在も意識しないほど体が軽くなったようではあるが、散歩などすると、山路が多いためか、フォンテンブローの時とちがって、息切れが甚だしく、心臓が破れそうに鳴って、われながら恐ろしく胸を抱えることがある。熱も平熱であり、咳も夜多少出る程度になり、痰も殆どきれて、肺の方は快方に向っていそうであるが、心臓が激しく鳴って、全身が毀れそうな危険を本能的に感じていた。

死ぬかも知れないぞ——この恐怖は、生きられる自信を持てる時になって、私をおそったようである。生きられる時になったから、生きたいという本能が、死の影におびえるのか、仰臥しながら死のことばかりが考えられてならない。死を考えたというよりも、結局生に執着したのであろうが、失った過去を記憶に探しながら、スイスの空に、自分の短いかも知れない将来のことを描こうとしていた。しかし、私はそれまでの三十年間を生きて来なかったようなことにはじめて気がついて、愕然としたのだった。

ヨーロッパの旅に立つ決意をしたのは、世の中に裨益する人間になるとか、世の中をよくする仕事をしようとか、漠然と考えて自分の歓喜を忘れている生活に堪えられなくて、お役人をやめて、これから自己を生かすのだと気負ったからである。それは、言葉をかえれば、自己に生きようという旅でもあった。それ故、パリでは自分を解放するつもりで、体に無理までして、あらゆる芸術面に深くはいって行こうともがいたが、いつかデュルケームの学問につかまって、社会問題に興味をもち、統計学を中心とする学問に自分を枯渇させていた……。ふとしたことで、死ぬだろう時に、シミアン博士のもとで完成しかかっている研究を、私の唯一の仕事としてのこして行くのを、喜べるであろうかと、今になって疑惑を抱いた。

私は病気以来、その研究が未完成であることが気にかかってならなかったが、スイスで空を眺めているうちに、その研究が私のよろこびの仕事でもなく、私の魂のかげさえとどめないものであることを、腹立たしく感じはじめた。自分を生かすつもりで、ヨーロッパへ来たのに、私は帰朝後の職業のこととか、妻の希望とか、はかないことにこだわって、歓喜のない仕事に精根を砕いていた……

そう考えた時の狼狽。それは、A子に語れないのも悲しかったが、歓喜をともなわない仕事をして、どんな仕事ができよう、よろこびのないところに、私の職分がある筈はない、いつはてるか知れない命のある間、生命を歓喜にもやすような仕事をしたい、私の魂をぶちつけて高くよろこべる仕事をしたい……

その時に、私には若い日の夢、創作のことしかもう願わしいものがないように思われた。天分だとか才能だとか、以前のように慮ってはいられない焦慮が出た。スイスの空に独り描いていることを、文字にするだけでもよいと思った。誰が読まなくても、私はよろこんで自分を打ちこめる。立派な芸術品にすることなくして死ぬ日が来ても、子供はそのなかに父の希望や精神をもとめられるだろう……

A子は、私が子供を愛さないとか、子供のことを思わないとか、事毎に非難したが、私は唇をかんで、我が子への愛情のせつなさを堪えていた。私が若くて死んだら、誰がこの子の精神のよりどころ、よろこびとなってやれるかと。

A子がどうあれ、私はA子どころではなかった。自分を救わなければと必死であった。私が研究の方をおこたってぼんやりなまけているとか、小説ばかり読んでいるとか言って、A子はフランスの小説を私の掌から奪って裂いてしまったこともしばしばある。小説本は破いて、テラスの寝椅子の横で踏みにじっても、私が仰臥しながら空に描く小説は、A子も破ることはできなかった。

こんなA子と別れなかったのは、A子のあわれさが分ったからだといったら、傲慢であろうか。それとも、破れなかった書物のなかで、静かに仰臥して自分を乱すまいとしたのは、A子と別れていたからであろうか。ただ、この場合M子のことを追慕しないように努力したのはA子をあわれんだからだと今も思うが。ともあれ、この時期に、療養所にいなかったのは、私の健康について大きな失敗であった……

＊

……コーへ、はじめて登った日の登山電車のなかに、フランス人の若い夫婦が、乳母とマリぐらいの赤ん坊をつれて乗っていた。私達の目は無遠慮なほどその赤ん坊からはなれなかった。

峨々たる山をよじる電車のなかで、乳母は小さなおまるを出して、赤ん坊に用をたさせた。赤ん坊はおとなしく、指をくわえて何が可笑しいか、私達に微笑んでいた。A子は感動して赤ん坊の一つ一つの動作を眺めて、じっとしていられないらしかった。赤ん坊の両親も乳母もそれに気付いたらしいので、私は夫人に、フォンテンブローに残して来た子供のことを話して自己紹介をして、無遠慮を詫びたが、夫人は大変喜んで、わが子の自慢をし、私達の赤ん坊のことをいろいろ訊ねた。その赤ん坊も一月四日産れの女の子で、偶然に私達の子供と同じ誕生日であることが、偶然でないような、親しみを覚えさせて、A子も食物のことを訊ねたり、育て方などを訊ねた。その赤ん坊もここで降りたが。

その後、A子はわが子を思い出す時には、その赤ん坊の噂をした。一週間ばかりした午後、美しい音楽にさそわれて、はじめてパラスホテルの庭へ降りて行くと、野外音楽堂の横の菩提樹の蔭に、その赤ん坊が乳母につきそわれ、乳母車のなかに寝かされていた。A子は音楽を聴くどころか、いそいで乳母車にかけより、わが子でもあるかのようにあやしはじめた。

間もなく音楽会が終って、音楽堂からダンス曲が奏されて、屋外でダンスがはじまったが、赤ん坊のお母さんもにこやかに乳母車に近づいて、コーへ来てから赤ん坊の発育のよいことなどを誇って、

「あなた方も、こんな空気のよい健康地へ、可愛い子供をおつれしなかったのは、失敗でしたわね。この前ご覧になった時とは見違えるでしょう。この血色のいい頰、この可愛い足……」

と、自慢した。

確かに見違えるほど成長したが、A子はそれにしても遠くフランスに残した子供のことを思うらしく、赤ん坊の食物のことなど、くどくど質問した。

その夜、A子はフォンテンブローの国際託児所へ、電話をかけると言ってきかなかった。ドリノさんが、子供の消息を欠かさず聞かせる約束なのに、手紙が来ないので不安になったという。

夜おそくなって、スイスとフランスとやっと電話が通じた。A子は電話口に出たが胸一杯でフランス語が口に出なくて、私が代ったが、A子はパラスホテルの庭で聞いたように、野菜スープやじゃがいものピュレを食べさせるように頼んでくれと、そばからがみがみ注意するので、不得要領のうちに電話はあっけなくきれてしまった。ただ、赤ん坊が丈夫なことと週に一回必ず便りをする言質(げんち)を取ったので、A子は満足した。

しかし、それからというもの、A子は天気でさえあれば、午前十一時頃と午後四時頃と、赤ん坊がパラスホテルの庭へ出る頃を見はからって、いそいそ会いに行くのであった。

他人の赤ん坊を見てどんな喜びがあろうかと、可笑しくもあったが、同じ日に産れた赤ん坊を見ていれば、遠くはなれたわが子の成長振りを目に見るような安心があると言っていた。根強い母性愛が、何かしら気味悪いように感じられたが、雨の日などその赤ん坊を見られないことで、機嫌がわるかった。そして、ドリノ夫人から毎週木曜日に届く手紙を、護符のように肌

身はなさず持っていた。その手紙も短いフランス語で、

「小さいマリコは元気で、ふだんのようにおとなしく、可愛い赤ん坊です。先週は彼女は目方がよくなかったが、それも彼女の胃腸を丈夫にするために、一日に二回お乳を減らして、その分として野菜汁を与えたからです。今日からは、再びもとのように、お乳にしますから、減った目方を取戻すことでしょう。尤もこの目方の減ったのも、七キロ以上あるからたいしたことでもありません」

と、いうように簡単で、わが子を彷彿ともさせてはくれないのに。

……私には、間もなく小さな友達ができた。ジョージとヘンリーという十三と十一になるイギリスの少年と、ソーニヤという十五のハンガリーの娘とその妹。ジョージは軽井沢で、ヘンリーは上海(シャンハイ)で産れて、ジョージが九歳になるまで東洋にいたという。両親は少年達をホテルに放任したまま、終日山を歩いていたが、お父さんは、天気の日も必ず洋傘をさしていたところから察するに、胸の病気の予後を養っていたのであろう。少年達は、私が散歩に出掛けると、何処からか飛び出して来て、同行した。その散歩も少年が喜びそうなところではなく、登山電車の停車場までとか、カトリック教会とか、パラスホテルの庭園とかきまっていたが、少年達はつきまとうようにして、私から話を聞こうとした。話といっても、私の英語はおぼつかなくて、種々雑多な質問に、言葉尠なく答えるだけであるが、少年達は私をとおして、産れた東洋

の香でもなつかしく呼吸しようとしたのであろうか。停車場では、毎週一回は必ず体重をはかるのであるが、ジョージは前週の私の体重を覚えていて、「すごいなア、半キロ一寸ふえましたね」と、喜んで声をはずませたりした。

ソーニヤは腺病質な妹の養生に、未亡人である母と三人で来ているが、お母さんは十三になる病身の娘を、ソーニヤにまかせきりで、よく出歩いていた。妹は医者の注意で、つとめて庭で寝椅子に仰臥していなければならないが、ソーニヤが一緒に仰臥していなければ、妹は出歩きたがる。

毎朝、私が庭へ椅子を持ち出すと、ソーニヤは三階から見ていて、妹をつれて降りて来る。着いて間もない朝十六度ぐらいの寒さに、私は毛布にくるまって日向ぼっこしていると、ソーニヤが、「直射光線にあたると発熱しますから」と、羞ずかしそうに注意して、菩提樹の蔭に椅子をはこぶようにすすめた。それが、彼女と親しくなったきっかけである。彼女達の寝椅子の並んだ樹蔭で、私も休んだが、ソーニヤは、

「私達はハマダという日本人の友達があります。いい人でしたが、もう二年前に日本へ帰りました」

と、話しかけた。

私はA子を呼んだ方がよかろうと思って、庭へ招いたが、A子にはソーニヤのドイツ語が分らず、ソーニヤはまたA子のフランス語を判断しかねて遠慮してしまった。その夕、A子の部

屋の前で、ソーニヤ達の声がするので出て見ると、妹と二人で紫色の小さい花のついた鈴懸草の花束を抱えるようにして、それをA子に贈っているのであった。

「もう暫くしますと、私の故郷の高原もこの花でおおわれます」

と、言っていたが、私達をよろこばせるために、その日の午後、二人であちこち採集したのだという。

それからというもの、私達がパラスホテルの庭へ降りて行くと、ソーニヤ達は先廻りをしたように、音楽堂の近くで待っているのが常であった。A子が赤ん坊の乳母車からはなれないので、私はパラスホテルの庭へ行くと、この二人の少女を相手にすることになったが、ソーニヤは不思議なことに、レマン湖は何処から見たのが一番美しいとか、アルプスはプロテスタントの教会の裏からの眺望が雄大であるとか、「南の歯（ダン）」の眺望は何処がいいとか、ロッシェ・ドナエの眺望は何処、フランス領サボアの山々の眺望は何処というように、実に詳しく知っていて、私を案内するのであった。

私は一、二日おきぐらいに、その一つに行って見たが、実際、ソーニヤの言うとおりであった。ソーニヤは三月頃から此の地へ来ていて、どんな場所でも知悉（ちしつ）しているらしかったが、特に山が好きで、「南の歯（ダン）」やロッシェ・ドナエについては詳しくて、何時頃にはどんな色になると、光と色の変化をよく私に話した。ロッシェ・ドナエに登れば、故郷のハンガリーが見えるかも知れないが、妹が全快したら、母と一緒に登山するのだと、しきりに楽しんでいた。ロッシェ・ドナエには、登山電車が氷河近くまでのぼっているので、その時は私も一緒に行こうと、本気に約束したが……

……そのロッシェ・ドナエに、或る日、A子が登山することになった。あの赤ん坊のお父さんが用事でパリへ帰って、若いお母さんは退屈しているので、ホテルの滞在者が誰もするように、最も簡単なロッシェ・ドナエ登山をしようと、A子を誘ったのだった。社交的でないA子としてはフランスの婦人と二人で登山するというのは破天荒なことであり、私も熱心にすすめたが、彼女は「お伴しないと、赤ん坊を見せないと言われるから……いやだけど行くわ」と、しぶしぶ出掛けた。

それは、八月一日のスイスの建国祭から四、五日後のことである。朝から洗ったように晴れていて、赤ん坊のお母さんがホテルに誘いによった時には、A子も新しい運動靴と運動帽に身をかため、お弁当のサンドイッチや葡萄酒をさげて、さすがに嬉々として庭で待っていた。

私もソーニヤ達も庭に出ていたが、同行者は夫人とパラスホテルの支配人の弟という大学生である。大学生が案内役であるが、夫人は良人の留守に若い学生と登山する不謹慎を、A子を同伴することで、紛らわそうとしたのかも知れない。ソーニヤ達は、菩提樹の下で手を振って見送った。

「南の歯(ダン)」も、ロッシェ・ドナエも、ホテルの庭から仰げた。天に向って地球が大きな歯をむき出しているという意味で歯と呼ぶのであろうが、紺青の空へこの二つの不思議な山は二本の歯の如く、そびえ立っている。六月末まで白雪におおわれて純白な歯であるそうだが、その時は中腹まで峨々たる岩が澄んだ光に黄金に輝き、頂の氷が水晶のように光っていた。登山電車は谷を渡り、尾根を伝って、ロッシェ・ドナエの氷河までのぼって行くが、ソーニヤの望遠鏡をかりれば、玩具のような電車の登るのが手にとるように見えた。

良い登山日和でしたと、昼過ぎまでは、ホテルの主人も私に挨拶したが、二時頃から「南の歯」の頂に白雲がかかったと思うと、遥かに雷鳴が聞え出し、見る間に白雲は「南の歯」をおおい、ロッシェ・ドナエをおおい、尾根を伝って谷間へなだれはじめた。

その白雲の崩れる足の速いこと、夕立だと慌てて私達が寝椅子をホテルのポーチに運びこむ暇もなく、コー全体が白雲に包まれて、グリヨン、モントルーと次々に、鮮やかな日向を消すように、刻々下って行くのが見えるのだが、レマン湖一面が雲におおわれる頃には、爆弾が頭上で炸裂するかのような、雷鳴が聞えはじめて、谷から谷へ山から山へ反響して絶えまなく鳴りひびき、ホテル全体も震動するほどだ。それに加えて、激しい氷雨をふくんだ暴風が荒れはじめ、レマン湖をさかさまにあけるのかとあやしまれるほどの豪雨と暴風になった。

滞在客は部屋の窓の二重戸をおろしても恐ろしく、ついた鉄戸をおろして、みんな叫びながら階下のサロンに避難した。八月一日の建国祭が終ると、この恐ろしい夕立の季節になるのだが、今年は建国祭の夜に、珍しく夕立が来なくて、レマン湖畔いたる処の山々で終夜花火を上げてたのしむことができて、夕立の来かたがおそかったというようなことを、口々に噂しあい、山の夕立の恐ろしさに顫えているが、私はロッシェ・ドナエに登山したA子のことが心配で落着けなかった。

毎年登山客で、この夕立の雷に打たれて遭難する者が多いと聞かされるだけに、登山なれない彼女が生きて下山できるか不安でならなかった。

宿の主人はもう下山して何処かに避難している頃だからと気休めを言うが、フーラル夫人はじめ宿の人々も心配してくれて、パラスホテルに電話で問合せてくれるが、電話も通じない。パラスホテルに使いを出そうとしても、私達のいる建物がさながら暴風雨の激しい宙に浮いているようで、一歩も外へ出られない。あの案内の大学生は登山の専門家であり、付近の山々をわがポケットのように識っているから大丈夫だと、宿の主(あるじ)は慰めてくれるが、もしA子が遭難したらという私の心痛は、雷雨が激しくなるにつれて、つのるばかり。

あなたのような人は死んだ方がいいと、何度言われたか知れない彼女ではあるが、可愛い赤ん坊のかけがえのない母である。生かしておいて下さいと、私は神に伏してすがりたい気持であった。今死なれてはA子が不幸すぎると胸が熱っぽくふるえていた。

第九章

……その激しい風をともなった雷雨は二、三時間つづいた。唸りをたてていた暴風が突然凪ぐとともに、氷雨もやんで、山も谷もふと、ぎょっとするほど無気味な沈黙におちた。

その沈黙はまたたまらなく不安な一瞬であったが、すぐホテルの人々は夕立が去ったというように、安堵してざわめきたった。山から引いてある水道管がふさがった。電話線が切断された。小径が埋もれた。それをスイス人らしい実直さで、直ちに修理にかかろうというのである。

私もA子の安否が気懸りで立ち上ったが、宿の主人は、コーの停車場へ行って問うより他に方法がないが、人出がないので暫く待つようにと言う。私は待ちきれずに兎に角出掛けることにした。しかし、外は息もできないほど一面乳のような濃霧で一メートル先は皆目分らない。心配して私について出たソーニヤもポーチでしりごみして、私にも暫く待つように呼ぶ。

掌に霧を受けるようにして注視すれば、微細な水泡の群れは微かに下へ流れるようである。してみると、この霧は晴れるかも知れない。宿の主人も出て来て、間もなく晴れようからとて、無理に私をホールへ招じ入れた。その濃霧では停車場まで歩くのは無理であったし、息がつまり、幾度もむせるように咳が出た。私はホールの硝子に顔をおしつけるようにして、外を眺めつづけた……

A子など死んでしまえと、腹立ちまぎれにも思ったことが今まであったか、そう反省した。時にはA子のわがままな仕打ちに、殴りつけてやろうと奮い立つような場合など、面倒になって、もう精根つきて、一人になりたいとしんそこ憤りに熱くなったことはあるが、死んでしまったらというような考えは、かりそめにも持ったことはない。

私の病気のもどかしさに、A子が「ああ死んでしまった方が、さっぱりしていいじゃないの」というようなことを、ふと口にするのをはじめて聞いた時は、呆然としてわが身を疑った。わがままに育って、胸に湧き上る感情の泡を、制御することを知らずに、そのまま言葉にして、きついことをふいふい吐き出してしまう癖は、よく知っていたが、死んでしまえというようなことを、かりにも夫に、平然と言ってのけられるとは、何かしら人間というものの悲しさ、痛ましさに、たじろぐ気持がした。

私は幼い頃から、宗教的な空気のなかで育まれたが、その宗教では、人間を神としてあがめよと教えられた。人間が神であると教える真意は、人間が性善であるとか、人間が万物の長であるとか、いうことではなく、隣人を愛せよ、敵を愛せよと説いたキリストの意と同じく、神をたたえる如く隣人をたたえよ、神に平伏する如く隣人に謙虚たれと、説くのである。

人間の心はよきにつけ悪しきにつけ小宇宙のように複雑ではあろうが、われも隣人もその人間として、一つの宇宙として認め合うことこそ、先ず愛する一歩であると説くのである。その信仰から私は既にはなれてはいるが、未だその信仰が生活感情に沁みているからこそ、A子をよく識らなくても、愛し合えると信じて結婚もした。

それなのに、死んでしまえと呪詛にも似た言葉を平然とぶつけてていとして恥じないとは、神の怒りに触れるぞと、私も胸につき上げる激怒をもてあましたことはある……が、窓硝子に顔をあてて濃霧の流れ去るのを待ちながら、思うことは、A子がその神の怒りにふれたのではないか、他人の死を望むようなことを言葉にしても、己れの死を賭けることになるのだと神に知らされたのではなかろうか……と、考えれば愚かしいことばかりであった。

しかし同時に、私の心には憐憫の情が油然と湧き上るのであった。

よし人生の労苦を知らず我儘であるとはいえ、「ほんとうに、こんなに長くかかるくらいならば死んでもらった方がよかった」と、歎息するのは、A子のせっぱつまった絶叫であろう。それまで言わせたわが身の腑甲斐なさを、たとえわが力や意志でいかんともなし得ない病気ではあれ、彼女の前に膝を屈し、地に顔を伏せてゆるしを乞い、ともに運命を慟哭しても足りなかったろう。

A子にはA子の理想もあり夢を抱いて嫁したのであろう、その理想が、私のものに合致せず、彼女の価値判断と私の価値判断とことごとにくいちがって、そのために苦悩と闘ったのであろうとも、私のような者に嫁したことで、思わざる不幸になったのだと、なぜ私は憐憫の心をよせられなかったか。人間を神の如くたたえて、敵をも愛せよというのに、この頼り甲斐ない自分をただ頼りとして遠く千里の海を越えて来ている女性を、妻であるからとてそまつに愛しきれなかったとは、どんな訳か。

彼女に災難があれば、私を罰する神の意志かも知れぬ……

……私は長く窓際に佇んでいた。霧は硝子窓をすっかり曇硝子に変えてしまったようであった。

その霧が仄かに紅(くれない)をおびた頃、宿の主人が、

「さあ、停車場へ行ってみましょう、そろそろ電車も通じます」

と、誘ってくれた。薄紅色の霧の流れ去るなかを、私は主人についてゆっくり山路を登った。ソーニヤや宿のお客が二、三人一緒であった。みんな何かしら不幸を予期して口もきかず、心も重かった。山路をのぼるのに従って、霧の色は紅味をましたように、明るくなっていたが、カトリックの教会の横の坂路をやっとのぼりきると、突然日がさしたように、明るく空がのぞいた。その空の澄んだ色！　紺青の深い空に、「南の歯(ダン)」とロッシェ・ドナエが、染めたてのような茜色にそびえたっていた。

私達は思わず立ち竦んで、その二枚の大きな地球の歯を見上げた。

「わし共の若い頃は、どっちの歯にしろ登ろうなんて、もっての外のことでした」

そう小柄な主人は呟いた。遭難するのは当然だというような口調である。

スイスで××の歯という名前のついた山々を征服するために、山霊と闘ったような遭難談や冒険物語を、私はコーに滞在中に、いくつも聞きもし、読みもしたが、A子のロッシェ・ドナエ行きはパラスホテルの庭を散歩するのを延長したのに過ぎなくて、宿の主人の溜息は大袈裟すぎるように思われた。

しかし、停車場に近づいて、同じ心配で集まった人々の多いのを見ると、胸さわぎが激しくした。停車場でも、雷雨以後下り電車が一台もおりて来ず、電話も不通で、山の荒模様はさっぱり分らなかった。空気が澄みきって裸の山膚の細い皺まで夕陽があらわに照らし出しているので、この目にも不幸があったら見えそうに、二つの山は鮮やかに近かった。望遠鏡があれば、岩蔭にかくれた遭難者の顔付まで探せそうに思われた。

兎に角、下り電車を待つより他になかったが、ソーニヤは私にあたりの景色の変化を注意して、気を紛らわせようとした。

景色があまり美しいのは、人の心を慰めずに、却って不幸にするものだ。

薔薇色に染まった霧が、レマン湖に下る山々の傾斜線をつたわって、ゆるやかに降って行く。湖をかこむ山々の頂は、薔薇色の霧海の上に、独特の形貌を濃淡さまざまの紫紅色にそめてきそっている。アルプスもサボアの山々も可愛いブビーの山も、霧の上に、大自然の伽藍(がらん)の塔のように、あちこちにそびえ立って輝いている。手前の、私達の立っている傾斜面には、次第に霧が下って、コーの家々が、次にグリヨン街が、クラランの町があらわれ出た。やがて、薔薇色の霧は淡紺色にかわりながら、湖面をジュネーブの方へ押しやられるように流れ去って、暗紺色の湖面が見え出した。

その湖のすみきった真面目な色。たちのぼる霧ものこさずに、みがききった鏡のような厳格なすがたである。湖面があらわれた刹那、山々もその色彩を暗紫色に変えたが、私は思わず頭を垂れていた。

私はずっと駅前のベンチに掛けて、その霧と色との変化にみとれていた。一つの音も声もともなわない変化が、厳粛なほど静寂ななかで行われているせいか、私の心には音楽のようなものが響いていたようでもある。そして、その最後の色彩の変化が、突然に大音響を私の胸に響かせて終ったようである。

その時の衝動をこんな風な貧弱な筆で現わすのは恥辱であるが、止むを得ない。マドレーヌ寺院で、前年の暮に、荘厳な夜半のミサで聴いたベートーヴェンのミサ曲を、その時胸のなかに聴いていたのだと言ったら、信じられないであろうか。私は暫く頭を垂れていたが、まつ毛に重く涙を感じた。

その涙を、かたわらでソーニヤはA子の身を心配してと解したが、私にはその時A子もなく、私自身さえもなく、ましてA子の不幸も私の病気もなかった。

やがて、実際にはるか遠くから音響を伝えて、最初の下り電車が、ロッシェ・ドナエや「南の歯(ダン)」の登山客と期待する知らせとをのせて降って来た。

人々は狭い駅の構内へ、ひしめき合ったが、私はややはなれて佇んでいた。登山電車は玩具のように見え出してから、なかなかおそく、待つ者をいらだてたが、やがてコーの駅に着きそうになっても二、三百メートルも上で停車して、そこから、登山客はぞろぞろ歩いて来た。外と内とで手をあげて合図する者、名を呼び合う者、こんな場合に白人の身振りは大袈裟であるが、小柄なA子が出発の時のいでたちで、みんなの後を、例の赤ん坊のお母さんについて、足早に歩いて来るのが、すぐ目にとまった。

*

……この夕立は、数名の遭難者を出したが、私やA子の心にも大変なものをのこした。

それ故に冗漫な記憶を書きとめたのであるが、A子たちはロッシェ・ドナエの頂上をきわめて、降りかかって天候の変化に驚き、案内の青年に促されてやっと麓近い避難所に辿り着いてから雷雨にあったが、数時間生きた心持もせずに、多くの人々と狭い窟(あな)に押しあいへしあいして、ふるえていたらしい。その恐怖については、A子はふだんからそうしたことを話せない質であるが、同行の赤ん坊のお母さんは、二、三日寝込んでしまい、その後パラスホテルの庭でふと、私をつかまえてその時の様子をあれこれ夢中で語ってはなさなかった。

A子は「わがままばかりしたので神様に罰せられるのだと思いましたわ」とだけ、その恐怖を話したが、恐らく死ぬのだなと観念して、自己反省をしたのであろう。

その後、わがままを言わなくなったし、いつお互いに死ぬかも知れないのであるから、子供のそばに常時いたいと望むようになった。私はまた、彼女をあわれみ、何事もゆるそうと努力しはじめた。

夫婦きりの暮し方で、二人とも無為に生きるような場合には、ごく些細な動作や思い遣りのなさが神経をたかぶらせて、それが無上の不幸であるかのように贅沢にも考えるような傾向があるが、（特に病気の私には彼女のデリカシーを欠く態度が不幸に思われたりしたのだが）相手をあわれむことで、自分を漸く謙虚になし得たように思う。

A子を自分が不幸にしてしまったという目で眺めれば、A子がどうあれ、私は秘かに赦しを乞うような態度にならざるを得なかった——

……あの夕立はまた、次々に夕立をともなって、秋のおとずれのさきがけのようでもあった。晴れて深い空を仰ぐ日がつづいたが、温度はぐっと下って、日向が恋しく、樹蔭で仰臥するにも毛布を必要とした。菩提樹の梢（こずえ）もかさかさ鳴って、仰臥している胸に微細な実をおとした。夕暮には山頂にかかった白雲がしばしば尾根を伝ってコーにもしのび寄り、窓の外を白霧でうずめた。

「夕暮に霧がおりはじめると、山にはもう秋が来ます」

と、そう宿の主人が寂しそうに言って、夜分はスチームをたきはじめた。

その秋の歩みよる気配を、私は恐怖をもって聞いた。山を下ってパリに帰る日が近づいたが、健康になった自信がなかった。秋の講義をすませて日本へ帰れるだけの健康に自信がなかった。その頃も、熱こそなかったが、一寸した坂路をのぼるのにも息切れがして、一、二回休まなければならなかった。何かの拍子に夜中に激しく咳きこむこともある。心臓が理由のない時に突然警鐘のように早く鳴って、自分でも脈をはかって恐ろしくなることもある。そして、喀痰の検査には三度に一度はまだ極めて少数ながら黴菌が発見された。

しかしA子は、秋になったらパリに帰れると言ったブザンソン博士の最初の言葉を、文字通り正直に信じていた。私の現実の健康状態を知ろうとせずに、博士の言葉であるから秋には帰れるのだと、てんからきめてかかった。コーでは八月中旬にはもう気候は秋である。それ故に山を下っていい時期だと一人で判断した。山を下れば可愛い子供にも会える、それまで子供からはなれていたのも長すぎるくらいだ、もう我慢できない、フランスへ帰りたい——そうA子は帰る日ばかり数えている。山を引上げようとしきりに言う。

私とてその希望をいれてやりたかった。実際、コーははるか下に湖を見下ろすためか宙に浮いたようで落着かない。風光は如何に美しく荘厳でも、人間の生活をみたしてはくれない。あのヨーロッパ文明の中央に位し此の世ならぬ風光明媚な国土に、誇るべき絵画も文学もない所以が、訳もなく分るような気がして来た時には、私の心もスイスをはなれていたのであろう。

一日も早くパリへ帰りたくもなっていた。

しかし、悲しいかな、私の健康は山を降りたら恢復できないような懸念があった。スクリーブ氏の友人であるクラランの医者が、「一日でも長く高い処にとどまり給え、それだけ恢復速度が早いから」と、熱心に勧告したからばかりではない。

私は自分の生きようとする本能でそれを感じた。あのフーラル夫人が外見私と同じ程度に全快しているのに拘らず、遠く二人の子供から離れて、此処で年を越す決意をしていることに、私の本能は賛同していた。山を降りることは命を賭けることのような不安があった。私は命が惜しかったのだ。それ故、A子の希望をいれて一日も早く山を下りたい願望と、一日も山にいたい本能的な欲求との間で、私は長く迷いもし、苦しみもした。

或る日、私はA子に話してみた。一人で先にフランスへ帰って、フォンテンブローの森のホテルへ行き、子供のかたわらで待っていてくれないかと。モントルーかローザンヌまで送って行って、国際列車に乗せてやるから、そうしたらパリまで乗換えもなし、一人で安心して帰れるであろうと。しかしA子は、それでは何のためにスイスまで私に従って来たか、意味がなくなるからとて、私の申し出を強く拒んだ。

私も強いて勧めてお互いの心を荒だてる仕儀になるよりも、いっそのこと、此処から動き出そうと考えた。コーを出発して、できるだけ長くスイスの高原をあちこち旅行して、パリへ戻ろう。そうしたら、私の健康上高原にいなければならない目的も幾分達せられるし、A子も次第に赤ん坊の方へ近づくのだという安心から、我慢するだろう。そう決心した。

……私はその頃まで、社会科学の研究に意義と興味を感じなくなったとか、文学をしようとか漠然と考えていたが、まだ帰朝してからの職業とか、自活の問題とかのために、未練がましく研究所で発表すべき論文に手を加えたり、サン＝シモンやオーギュスト・コントを読んでいた。サン＝シモンやコントも、もう愉しい勉強ではなく、味気ない教科書に化したようなのに、意気地なくも、惰性としてつづけていた。

帰朝してからの職業といっても、第一生きて帰国できるか、それさえ明らかでなかったのに。秋になったら講義に出席できるような健康になるという無責任な言葉を、私も空頼みにしたのであろう。しかし、その秋になろうとして、私は焦慮しはじめたから、ひょっとしたら日本へは帰れないかも知れないぞと、思う刹那が多くなった。

それ故、コーを動こうと決心した頃には、研究の草稿も書物も全部パリのボアロー街の下宿へ送って、身一つになってしまった。もう勉強もくそもない、この肉体一つを愛しんで死なせないですませたい——そうせっぱつまった決意をしたのだが、A子は荷物をパリへ送ったから帰る日になったのだと喜んだ。

僅かな身の廻りの物と外套一つとを持ってコーを出発したのであるから、すぐパリに帰るものと、A子はいそいそ旅に出たが、私の気持は暗澹としていた。いそがずにゆっくりと、疲れれば宿につくような旅でも、旅は私の肉体には想像以上にこたえた。

千メートル以上の高地を旅したいと思っても、交通機関は高地をのみ走るのではなく、当然のことながら、低地へおりては高地へのぼる。低地へおりた時と高地へ登った時では、私の体のどこかに標高測度計でもそなえつけてあるかのように、必ず気分に変化があった。気分の変化は健康状態の影響であり、それほど標高の高低に左右される健康に、われながら狼狽して、益々高地にいなければと思うのであった。

その旅が何処をどう歩いたか、ここに書きとめても仕方なかろう。死を恐れて的（あて）もなく高地を彷徨したのだったから。憐れなA子は化粧鞄のなかに、灌腸器をかたこと容れて、ただ私に従った。パリへの途上であるからと思い、日々目先の変化に、不安や不満を紛らわしたのであろう。疲れては、ホテルに予定よりも多くとどまり、庭先に籐椅子を出して仰臥して、秋を感じながら、ダボスに辿り着いた時には、パリに近づこうとして却って遠ざかっている旅に、さすがのA子も気がついて狼狽したらしかった。ダボスは有名な国際的結核都市であったから。

豪華なサナトリウムの建ちならぶ都市に一週間とどまったが、私はサナトリウムの医者に診察を乞わずに、大きなホテルで観光客のように暮したが、A子は結核都市にあることが、私の病気の重いことを意味するようで、不安でたまらないらしく、一日も早く去りたいと主張した。

それ故、再びパリへの旅に出発したのであるが、十日ばかり後には、イタリア寄りのレーザンに行ってしまった。レーザンもダボスとならび称せられる国際的結核都市である。A子の狼狽と怒りははげしかった。しかし、ダボスに較べてフランスに近いことが、A子を多少慰めた。

かように灯のまわりから去れない夏の虫の如く、何故結核都市に吸いつけられるように行ったか、不思議な気もする。

しかし、考えれば、死が恐ろしかったからである。結核についてよく知りたかったからである。結核でも生きおおせて健康になれることが、ブザンソン博士の言ったように真実であるかどうか知りたかったからである。

レーザンでも、サナトリウムの医者にはみせなかった。医術を信頼しないのではなく、医者の病人に対する言葉に疑惑を抱きはじめたので、ホテルにぼんやり滞在しながら、知りたいことを自分で知ろうと考えたのだった。

ダボスやレーザンの生活については、他日書く機会があろうから、触れないことにするが、私はこれらの結核都市で、健康人として活動している人々のなかに、かつて結核患者であった者の多いことを知った。結核がほんとうになおるのも知った。まるで健康人のように見えて、なお根気よく療養している人々を見た……そして、この病気には合理的に闘病する必要のあることをも知った。

しかし、そう知ったからとて、私は心が軽くなった訳ではない。スイスの高原療養所にそのまま一、二年とどまれば、必ず全快するだろうという見込と自信とを持てたが、さりとて、一、二年ヨーロッパにとどまることは、とても私には望めそうもなかった。経済的にも日本の円価は下りはじめ、特にスイスフランは高くて、ゆるされないが、それにもまして、A子の心は既に日本に帰っていた。レーザンに十日もいると、A子はパリへ帰ろうと急ぎ出した。

私達は漸くスイスの旅を切り上げて、フランス領にはいったが、私はなお高原に未練があって、(というより、平地へおりれば発熱しそうな恐怖があって)モン・ブランの麓のシャモニーに停滞した。紺青の空にそそり立つ巨大な水晶の塊のような荘厳なモン・ブランを、日々目のあたり仰ぎながら、登山電車でらくに行ける世界の屋根といわれるアルプスの氷河へ行きたいと願いながら、その気力がないほど私は疲労していた。それどころか、あまり迫ったようなモン・ブランの眺めが、私を圧倒するようで、休養していても疲れてならなかった。それほど神経も衰えてしまったのだろうが、止むなく、思い切ってパリへ帰るどころか、アルプスの中腹のサン・ジェルヴェ・レ・バンへ移った。

そこはアルプスに圧倒されないような地位であるばかりか、温泉があるので、秋深くなっても避暑地のホテルが閉じないからであった。避暑客が殆ど帰った頃、滞在する覚悟で、私はその温泉地へ向った。

第十章

……私達はサン・ジェルヴェ・レ・バンのモン・ブラン・ホテルに落着いた。三カ月ぶりにフランスにもどってみると、ホテルの生活にもなんとなくしっとりしたものが感じられて、しぜんに安堵の吐息が出た。

嘗てドイツの旅からパリに帰った時に感じた、あの身に沁みるような和らぎを、スイスの旅の後に、この温泉地で感ずるのが不思議である。しっとりと和らぎのあるこのフランスの雰囲気は、空気のなかにこもるのか、フランス語のなかに宿るのか、プティ・パンの味や葡萄酒の舌ざわりにあるのか、サン・ジェルヴェはスイスとイタリアの国境からそう遠くないのに、その国の文化の香りのようなものであろう。こうしたことに割合に鈍感なA子も、

「フランスにもどると日本へ帰ったように気がらくね」

と、言いながら、化粧室の湯をふんだんに出してこまごました手巾（ハンカチ）類の洗濯をはじめ、部屋のなかに紐を張って、部屋を遠慮なく物干しにした。

ホテルは、渓流にのぞんだ古い建物であったが、私達にあてられた二階の二間はなかなか立

主人は派で、広いベランダもついて、眺望もよかった。食事も栄養にとんで贅沢であったが、九月の季節外れであるから、二人で一日九十フランではどうだろうと、遠慮しながら相談を持ちかけた。意外に安いので、此処に暫く落着いても大丈夫だと、私達は持ち金を数えて安心した。

A子は着いた夜に、フォンテンブローのドリノさんに電話をかけて、赤ん坊の安否をたずねた。ドリノ夫人が電話に出ると、A子は嬉しさや不安で胸がつかえたようにフランス語がすら出なくなって、やむなく私が代ったが、サン・ジェルヴェの新しいアドレスを伝えると、夫人は赤ん坊が毎日ひなたに出て日光浴をして、まっくろになって成長していると、七キロもあって、下歯が一枚出たとか言って、安心するように告げてから、

「一寸待って下さい。マリコをつれて来ますから」

と、言った。

私はA子に受話器を渡したが、もう眠っていた赤ん坊は、突然おこされて泣き出したらしく、電話線には赤ん坊の泣き声が伝って来た。A子は涙ぐみながら、黙って私に受話器を返したが、その時には、ドリノ夫人の声で、

「電話口に呼び出しても、泣き声しかお伝えできないで、残念ですけれど……元気な泣き声は赤ん坊の歌ですから、お丈夫なことが分っていただけますでしょう。お父さまも早くお丈夫になっていただかなければね……」

と、穏やかに響いたが、その親切な処置が、私には胸に沁みるような思いがした。しかし、A子は、すぐそばで、

「あんな泣き声なんか、どの赤ん坊の声か分ったもんじゃありません」

と、不平を言った。

ドリノ夫人の女らしい思いやりを無視して、そうはげしいことを言うA子に、私は驚愕して、思わずむきになって、A子をたしなめたが、

「私は女ですから、赤ん坊の泣き声ぐらい区別できます、日本の赤ん坊の泣き方ではありませんでした」

と、抗弁した。

些細なことで争ってもしかたがないのに、何事もすなおになれずに、よこしまにしか考えないA子が、私にはおぞましくもあり、こんなA子を面倒だとてそのままゆるして、その性格を矯正できなかった自分が、腹立たしくもあった。

しかし、考えれば、A子には赤ん坊のことが瞬時も忘れられなかったのであろうし、スイスの旅の間、赤ん坊を胸にあたためていたので電話の向うからただその泣き声を聞くぐらいのことで満足しなければならないのが悲しかったのであろう。サン・ジェルヴェに辿りついて、すぐに娘のところに翔て行くべきなのに此処に停滞してと、赤ん坊のいとしさやわが身の腑甲斐なさに、自責の念から激しい言葉が泡の如く湧き出たのであろう。電話がすむと、すごすご部

屋を引上げて行った後姿には、掌を合わせて詫びたいような淋しさがにじんでいた。

私はここでも庭のプラタナスの樹蔭かベランダに寝椅子を持ち出して、仰臥して暮した。ベランダは、渓流をへだてて切りたったようなプラテとレフィズの山々（ともに二千五、六百メートル）に向きあっていた。渓流の音を聞いて眠るということは数年ぶりに日本を感ずるような清々しいことである。

渓流に沿って、広い道路がただ一本東から西へ通じている。西にすこし下れば温泉(スルス)の広場に出るが、広場の周囲には、ヴィシーやユリアージュの温泉などに較べて小規模ながら、温泉施設がもうけられて、広場の中央の菩提樹の下の小さい音楽堂では、三時から四時半まで必ずカルテットが奏された。夏の季節には、その音楽に合わせて、ダンスでもしたのであろうが、その頃には噴水をかこんだベンチに、急いで帰って行くべき仕事も家庭もなさそうな人々が僅かに腰をおろして静かな音楽をたのしんでいるばかり。

私も天気さえよければA子を誘ってこの広場へ行き、その音楽に聴き入った。頭上の菩提樹の梢が、微風(そよかぜ)にかさこそ揺れて、音楽にあわせるかのように細かな葉や実が肩の上にふりかかって、秋の気がせまって感じられた。

その噴水のベンチに、私達が行くと、必ず一人の老紳士が近づいて挨拶するのであった。服装にも一点の非がない身綺麗な六十近い紳士で、言葉や話の内容からパリ人だと察したが、何をする人で、何のために、私達に親切にするのか見当がつかなかった。話しかけることといったら、その日に奏される曲の話、季節を迎えるパリの音楽界の話、その折々の天候の話などで、怪しいところが微塵もなく、私達は心おきなく接したばかりでなく、その穏やかな風貌と優しい態度に接すると神経のたかぶる日も何となく気分が落着きさえした。或る日、紳士は音楽なかばに、

「今夕はモン・ブランが綺麗ですよ、間もなくモン・ブランが霧にかくれる日が来ますが、郵便局の先まで行ってみませんか」

と、誘った。

渓流に沿って東へ行く路は、爪先上りであるから、私は郵便局の方へ行ったことがなかった。ホテルの裏は山であり、その山には中腹まで別荘、ホテル、教会などが点々としていて、モン・ブランの素晴らしい眺望があると聞いていたが、山に登る坂路を歩くことはしなかった。従って、その日までサン・ジェルヴェでは、モン・ブランを仰いだことがなかった。郵便局は街の東はずれですぐ先が渓流にかかった橋である。その橋から、恰度近い山と山との切目にのったように真白いモン・ブランが、真正面に見える。しかし、その眺望が特に美しいとも雄大だとも思わなかった。

橋から引返そうとすると、紳士は、橋の手前を右に上るとすぐわが家であるからと、お茶に誘った。私はその時はじめて、病後で坂を登ると息の切れることを、打明けて辞退した。しかし、紳士は見せたいものがあるからとて熱心にすすめたし、橋の上に誘ったのも家へ招待した

かったからだということが分って、むげにことわれなかった。

「とうとう日本人さん達をおつれしたよ」

と、庭へはいるなり、下婢に言ったが、老いた下婢相手に静かに暮している恩給生活者らしい様子がすぐ感じられた。

中二階のような広い応接間兼書斎に通されたが、そこには日本を思い出させるような物ばかり並んでいた。壁には大観らしい富士山の軸と、数枚の新しい浮世絵とがかかり、シュミネの上には古九谷と七宝焼の花瓶や皿がごっちゃにならび、部屋の隅の机の上には、模造品らしい三尺ばかりの天人の木彫をおいて、その背後に、罌粟の花を描いた屏風がたててある。日本式の部屋と呼ぶのであろうが、不調和に新古真偽とりまぜて、おかしかったが、紳士は、さも誇らかに「どうです」と問いかけるように微笑していた。それから、私達を部屋の一隅に招いて、ガボオのピアノの上に飾ってある数枚の写真を見せた。どれも確かに日本で写した記念写真らしく、数人のフランス人を中心に日本の有名な政治家や軍人が一緒である。東京の官庁街や、奈良のは、背景に見覚えがあった。

そして、老紳士は写真ではフランス人の中心人物ではないが、単なる随行でもなさそうな位置にいた。

「××元帥がお国へ特派使節として行かれた時、元帥の友人、元帥の侍医として、随行しました」

と、言った。

フォッシュ元帥と言ったような記憶があるが、元帥や将軍についてあまり興味のない頃のこととて、正確に覚えていない。老紳士は日本と日本で受けた優雅なもてなしとが生涯の夢のように忘れられなくて、今一度見たくて幻想に描くのだと話していた。

その広い部屋につづいたベランダで、私達は四時のお茶をご馳走になり、向き合ってモン・ブランを眺めながら老紳士の話を聞いた。老紳士の名前は今思い出せないし、古い日誌にもムッシュGとしか書いてないが、Gさんはその時、欧州大戦で元帥の身辺について従軍していた苦しい思い出や、身上話や、そのころの暮し方などを語られたが、そのまま長篇小説の主人公になりそうだった。

「来る日も来る日もモン・ブランに霧がかかって、その顔が見えなくなれば、私のここに暮すよろこびもなくなるから、パリへ帰ります」

と、やはり秋深くなってパリへ帰らなければならないことを、悲しんでいた。

六月上旬から毎年ここに来て孤独に山の気を呼吸し、霧とともにパリの社交生活にもどるならわしであるが、年々山を下るのがおっくうになると話していた。

サン・ジェルヴェの風景も、Gさんの家からのモン・ブランの眺望も、確かに美しいにはちがいないが、この人がここを去りがてにするのは、それに惹きつけられているよりも、人間嫌いであり、孤独を愛するからであろうに、なおその嫌悪するパリへ帰って行くのは、どうした訳か。山岳地方の冬の生活が、それほど怺えられないものであろうか。ホテルの主人も洗濯屋の内儀さんも、食堂の給仕も絵ハガキ屋の娘も、私の顔さえ見れば「もう悲しい冬が来ます」と、肩をすぼめて見せる。

物悲しく寒気もきびしくて暮しにくいことは想像できるが、それでも、私はパリに下らずに山岳地方へ止まりたいと本能的にもとめていた。病的なほど、平地へおりるのを恐れた。それなのに、Gさんは話すのであった。

「毎日、深い山から里へもどって行く牛の頸にかけた鈴の音がしげく聞えるでしょう。その鈴の音も毎日のように冱えて行きますね。裏の登山電車の軋りも、もう日に日に回数が少なくなって、いまにぴったりなくなります。その時は、モン・ブランの顔を見られない時です。この土地の生活はなくなります」

その夕はモン・ブランは夕陽に全体紅色にそまっていたが、その後は霧に顔をかくしている日が多かった。

＊

……Gさんとはその後、益々親しくなって、ホテルの庭で仰臥していると、通りかかって音楽を聴きに行こうと誘ったりした。私もいつかしぜんに自己紹介をした。スルスの広場の音楽は合の外套がなければ膚寒いような曇天には、聴衆が私達たった三人のこともあった。しかし、九月いっぱいは音楽会にかかさず行ったし、ヴァイオリンもチェロもGさんの説を待つまでもなく、Gさんの面識のある天才的な青年演奏家で、いつかはカペの四重奏団ぐらいにはなれるだろうと期待できる人々で、いつも力一杯演奏していた。聴く者のためではなく、自分のために音楽をしていることが、よく感じられた。

金でアメリカに買われて行く芸術家ばかりでないことを知って下さいと、Gさんはわがことのように私に話したことがあるが……

その最後の演奏会が、避暑地の生活の終りの合図のように、一流のホテルは閉鎖して、家庭的な食堂にかえった。街のパン屋がパリに引上げて、おいしいプティ・パンの代りに、ホテルの手製のまずいパンになった。パリの人々は次々に引上げて、家庭的な食堂にのこった者は、主として病を養うために冬をここで籠る覚悟の人々であった。肋膜の予後を養っているノルウェーの青年、肺を患っているパリ娘キキー、十三歳になる腺病質なジャンをこの地の児童サナトリウムにいれているフーコール夫人とジャンの妹のマドレーヌ、良人の病気静養をしているジャスマン夫妻と私達。ここに到着した時には五十人も客があったのに。

……A子は一日も早くパリに帰りたがった。しかし、大学の講義が十月末でなければ完全に開始されないことも知っていたし、パリよりも生活費が安くて食住の点に便利であるから、一刻も早くわが子の顔を見たい欲望を我慢して、私が帰る日まで待とうとした。

その帰る日というのも、サン・ジェルヴェからパリへの直通列車が、その季節(セーゾン)に最後になる時のに、乗ろうとたのしみにして話し合った。その列車にGさんもフーコール夫人も乗ると言っていたし、それを外しては、三回も乗換えて二倍の時間を要するので、最後の引上げ列車のようなものであった。

十月にはいると、雨の降らないフランスに不思議に雨が多くなり、雨があがっても霧がのこって、もの悲しい日がつづいた。その雨と霧が凍って雪になるまで、曇り日ばかりであるからと言って、陽さえもれれば、ホテルのコックや給仕までも日光浴に出るしまつに、来る冬の日の荒寥たる様子がしのばれて、私も山を下った方がよかろうと考えるようになった。

しかし、出発の予定日の数日前の夜に、私は激しい下痢をした。翌日も下痢がとまらないので、街には医者はなし、Gさんに頼んでみた。Gさんは驚いて駈けつけて、診察してくれた。下痢はたいしたことはなかったが、胸の方も序にみてくれた。

その翌日も、見舞だといって訪ねてくれて、いろいろ話の序に、健康上その冬をここに籠った方がよくはなかろうかと、軽く注意して、僕が気にしなければ橋の上の彼の家を、その冬籠りに提供してもよいと親切に申し出た。特に老婆は土地の人で、二十年近くGさんの別荘の番をしているので、喜んで僕達の世話もするであろうし、老婆に手当を奮発してくれれば、家賃の心配などしないでよいからと、遠慮をまじえて熱心に勧めた。

Gさんのこの申し出は、私を感動させた。外国の生活はすべてが取引きで、心と心の触れ合うような友情からの親切など、稀にしか期待できなかったから。旅で偶然あったGさんは、私達を遠い甥か姪のように愛情を感ずるからとて、まごころを傾けて世話するという態度であったから。

しかし、A子はもちろん子供から離れて、この辺鄙な山のなかで冬を越すことなど、考え及ばなかったし、私もA子の希望を叶えてやりたかったので、予定を変えるようなことはなかった。ただ、不幸なことに、出発の前日にもまた少し下痢をした。Gさんが来てくれて、下痢の直後に旅行をしては衰弱するからと心配した。

私はその場でGさんに、翌日A子を一緒にパリにつれて行ってもらうように頼み、私は、講義の前日まで、サン・ジェルヴェにとどまって休養する決意をした。Gさんはその時も、ホテルが不便になったら、橋の上の家へ移るように、老婆にはよく話しておくからと、すすめてくれた。

翌日のパリ直行終列車には、サン・ジェルヴェにのこっていたパリ人が、全部のりこんだようである。私は、A子とGさんを見送って駅まで歩いて行った。

寒い風がプラテの方から吹きおろして、駅前の菩提樹の並木路には枯葉が舞い上っていた。A子はやはり一人で帰ることになったという悲哀を怺えるために、黙って怒った表情をしていた。さようならも言わなかった。私もGさんとは握手したが、A子には言葉もかけなかった。それで別れの心は通い合うのだが、日本通だと自負しているGさんも、私達の関係に疑惑を抱いてか、珍しくそわそわ落着きをなくして、心配していたらしい。

ああ、A子が子供のもとへもどった。そう思うと、私は緊張のくずれたように安堵した。一人帰ったA子があわれではあったが、自分一人きりを見出した時の、歓喜をともなった気楽さは、またどうした訳か。

実際、私は自分の裡にあふれ出るものを妨げられずにたのしめた。孤独がうれしかった。A子がいけないのではなく、かたわらにあって、お互いに感情の陰影で動揺するような存在が、たえがたかった。魂と魂とふれ合うような接触を希求しながら、夫婦というものが、どう努力しても、ただ感情の触れ合いに終るようなのが、面倒でならなかった。あなたはお坊さんになればよかった——と、A子が言ったことがあるが、孤独癖があるのだろうか。孤独になると、私の精神は活発に、豊富に活動しはじめるのだ。

書物は持って来ていなかったし、書店も閉じてしまった。専攻の学問の方も未練なく考えなかった。書くこと——創作とはいえないが、兎に角、若い日の夢を実現しようと、試みはじめた。書くといっても、模索するようで手がかりがなく、ベランダに仰臥しながら漠然と考えることを文字に綴ってみたにすぎない。それまでも、欠かさずに日誌はつけ、子供への思慕を赤ん坊の日誌として書きつづけていたが、一人になってから試みたものも、結局、誰に読んでもらう的もない精神の日誌のようなものであった。それなのに、いま繰り返して読んで反省し、叙景などを払いおとしてみれば、自己告白であり、自己弁解である。この二つが、一般に文学作品の基調をなすものであるのか。

＊

……A子達がパリに帰った日から、街もホテルも淋しくなった。ジャスマン夫妻は年を越す用意で、裏山の貸別荘に移った。フーコール夫人が、その夜、食堂に出て来た時には吃驚したが、児童サナトリウムにいるジャンに、その朝それとなく別れに出向いて、「お母さん、あしたの朝も来てね、お母さんの顔を見ると、僕は元気になります」と、言われたとか。

それを聞くと、良人の待つパリへの帰心も崩れて、もう暫く滞在する気になったと、涙をためて話していたが、フォンテンブローの赤ん坊のところへ帰りをいそいだA子の心も沁々と同情できた。母としてのA子を考えてやらなかったことをも気の毒にも思った。

しかし、A子からはその後、一回も便りがなく、Gさんから「森のはしのカスカードホテルに無事にお送りして、可愛い日仏嬢をも託児所にともにお見舞した」と、知らせてくれなければ、私はA子について心配したことであろう。手紙を出さずに私を心配させてやろうというようなことをしかねない、軽いあさはかな欠点が、A子にはあったが、私も赤ん坊の様子を知りたさに、毎朝郵便を待った。手紙が来ないと、やはり不幸を想像したりした。

その頃の或る日曜日であった。毎日霧にしめって、寒い曇天つづきであったが、その日曜日は珍しく晴れていた。モン・ブラン行きの登山電車も、十日ばかり休止していたが、その季節の最後の便になるかも知れないから、登ってみないかと、ホテルの主人に誘われた。

スイス領から遥かに望んでいたモン・ブラン、麓のシャモニーから見上げたモン・ブラン、千古の秘密をかくしているように荘厳な霊山に、私は間近く来ながら、遂に登らずにしまうのだと諦めていたが、いつか日本へ帰ったとき、悔いをのこすかも知れない、同じ病のキキー嬢も、ノルウェーの青年も行くというのならば、疲労も怖れるにはあたらないだろう、そう考えて登山を決心した。

「冬の外套を用意して行って下さいよ」

ホテルの主人は病人ばかりだからとて同行してくれて、そう注意した。健康な者は前夜ホテルに着いたキキーの婚約者の青年が一人。ところが、サン・ジェルヴェでその頃閉鎖しないホテルは、僅か一軒きりなので、登山電車の客も、我々五人の他には、郵便局に止宿している青年画家があるきりだった。

アルプスの登山などと大袈裟に意気ごんだが、登山をするのは電車で、私は刻々姿をかえて窓に飛びこむような岳や峯（みね）を眺めているだけである。運転手は眺望のいい所に出ると、電車を停めて説明して景色を鑑賞させたり、稀に人家の前に出ると、スキーの時期まで登って来ないからとて、のんびり食料品をおろしたりした。

一時間ばかりで、コルドヴォザ（有名なスキー場）に着いた。小さいホテルが一軒あった。

「皆さん、ここで召上って行かなければ、上には何もありませんよ」

そう言われて、昼には早かったが、広々とした食堂で昼食をとった。硝子窓にはもう目張りをして、ストーブをたき、気の早いスキーが数台おいてあった。「雪だってもうじきここへ降りてきます」と、ホテルの番人は言っていた。

ここで一時間休憩することになり、私達は晴れた草原に坐って、暖をとった。草のなかに、アルプスすみれが咲きのこっているのを、採ったりした。

しかし、澄んだ空と澄んだ空気とは、病んでいる肺臓を浄めてくれそうな気がして、何度も深呼吸したが、パリから来た婚約者の青年も娘に、「お前もうんとこの空気を吸っとくといいよ」と、囁いていた。

そこから見える水晶のようにつらなって果てのないモン・ブランの巨大な臥像は、文学で表現すべきものではない。その紫水晶の山襞は無数に軟らかく垂れて、その先はシャモニーの方に引いているのであろうが、下は無限の奈落のように見きわめられない。

「オーイ」

私はモン・ブランの方へ呼んでみた。私達は天上はるか高く昇っているようで、何かに呼びかけなければ淋しくていられなかった。

「出かけるぞ」

運転手がのんびり呼んだが、若い婚約者達はいのこり、画家も姿を見せないので、私達三人に、ここのホテルの客が三人加わった。それからの登山電車のおそいこと、溜息をしながら登っていた。間もなく線路に新しい雪が少しずつつもって、冬がもう来ていることを知らされた。

右にデトリコ（三二二七メートル）、ドームデミアジュ（三六六九メートル）を、左にモン・ブラン・デュ・タキュル（四二四八メートル）、エイギュ・デュ・ミディ（三五四四メートル）を眺めて、蜿々とはいあがるようである。行手にはドームデグーテ（四三〇三メートル）、エイギュ・デュ・ビオナッセー（四〇六二メートル）が、どっかり坐っている。私達はこれらの山霊に憑かれたように、ただ呆然と喘ぎながら眺めつづけた。

「おーい、さあモン・ブランの胸に来たぞ」

誰かが叫んだが、二時間で終点のビオナッセーの「氷の海」（二八〇〇メートル）に着いて、私達は登山電車を降りた。私は外套ですっかり包んだが、体が硝子のように凍ったように思われた。空気まで凍って音がしそうである。山も地も空も何も彼も氷のようである。言葉を出すとその言葉が凍って、おちこちの氷の山にぶつかるであろう。

私達は凍りついた人のように、みな黙って立ちつくした。自然がこの地上に創った最も偉大な伽藍を前にしては、我々人間はただうなだれて、謙譲に創造主をたたえる他はない。

しかし、私は淋しかった。千古の氷河の上に立っても、モン・ブランの胸は広い氷の海の向うであり、この伽藍のなかの秘蹟にあずかるには、健康で氷の波を一つ一つのり越えなければならなかったから。

所詮、病弱であっては、将来も大切な真実から離れて、傍観することで満足しなければならないであろうから……

第十一章

……紺碧の空がかげをなげている静寂な氷河の眺めは、私の魂を揺り動かしたようである。その後、あけくれ病軀(びょうく)をいたわってただ仰臥していることが、死んでいるのに等しいようで、たえられなくなった。

ボアロー街の病院からその日まで、徐々に迎えるようにして死を考えた筈であるが、死後のわが存在とか、死後の生活とかは、悲しいかな信じようにも考えられなかった。死もこの肉体を中心にしか考えられなかったから。わが亡い後も、空は高くひろがっている、パリの街は美しい、人々は生活をたのしむ、わが子は生きて行かなければならない――というような妄想が、みたされなかった欲望の未練となって、死を避けようと必死になっていたようである。

しかし、この病軀のなかに、健やかにいる私というものは、どこにどう消えてしまうのか。そのことが重大な意義をもって考えられてならなかった。言ってみれば、私はモン・ブランで秘蹟にはあずかれなかったにしろ、わが魂を探ろうというような、他人には語ることのできない、驚くべき秘宝を授かったのかも知れない。わが魂を把握するというのは死してなお生きる道であり、あの世の門を開く鍵を握るようなものであろう。

生きているというのは、自己を発展させるか、触れ合うことで他人や事物のなかに、自己を拡大して行くことであろうが、その自己について、思いめぐらさないではいられなくなった。そして、近頃触れあって別れた人々を、さもその人々のなかに自分を探しでもするように、一人々々思い浮べた。すると、何かおこり得ないものを待つかのように仰臥している生活から奮いたち、病軀の裡にある魂を鞭打ってみようと、不思議な力が湧きあがるのだった——

モン・ブランから帰ると、スイスの旅先を順々にまわって、何枚も付箋をはった郵便物がたくさん届いていた。そのなかに、シミアン博士の手紙もラバスール君の手紙もあった。

シミアン博士はスイスの帰途、アヌシー湖畔に寄るようにと、スイスのコーからサボアのアヌシー湖畔の博士の別荘地までの交通機関を詳しく書いて、熱心に招いてくれた。アヌシーの町のホテル・サボアでたずねれば、小さい船か馬車で別荘につれて来てくれるからとも書いてあった。ラバスール君もパリへ帰る途中に寄ることになっているので、その頃二人を湖畔に迎えられたら愉快であるがとも書いてあった。ラバスール君の手紙には、十月上旬に博士を訪ねて数日博士の客となる予定であるから、その頃に「君も訪ねて、先生を驚かすようにはからってくれないか」と、書いてあった。彼の手紙にはまたこんな文句もあった。

「……僕の母は日本語の第二の本をあげた。新しく得た日本語の知識を、実際に活用してみたくてならないらしいんだ。それでこのセーゾンには幾年振りかにパリへ出て君達夫妻にお近づきにもなり、君達の日仏嬢の代母となって改宗もさせ、日本に帰られる時にはマルセーユからお発ちであろうから、出帆前暫くカンヌ郊外の別荘で休養させてやりたいと、一人きめているんだ。こう書くと、我執の強い母のようだが、実際はやさしいよい母だから、奥様を失望させたり、嫌悪を抱かせるようなことはなかろうと信ずる。是非母の希望をかなえて、その愛すべき計画を実行させてくれるように、願います……」

私はすぐにもアヌシー湖畔の博士の別荘へ行きたかった。博士夫妻にもお会いしたかったが、ラバスール君はまだ滞在しているかも知れず、会ってわが将来についてとくと語ってみたかった。病と闘って各地を旅している間に、いつしか内なる魂の声を聴くようになって、それからというもの、数年研究をかさねた社会科学に興味をなくして、第一章の報告を終った研究の後半に目を通すのさえ、気が重いようなことを、ラバスール君には語りたかった。社会科学には安んじてたよれない、自分の残り少ない命を創作にもやしたい、その成否はともあれ、創作にはほろびるにも悔いないような歓喜を伴うことを、ラバスール君には語りたかった。今日まで学んだ学問からはなれて、再び初歩から創作の道にはいるのだと、この同僚には決意を伝えたかった。

将来の仕事の変更というのは、私には、今日からの生き方の変更を意味した。特に将来ということは私にはもはやなかったから。

この変更についてA子には話さなかった。恐らくA子は、将来の職業や地位の変更であり、生活の不安定を意味するものとして反対するであろう。日本の両親も、私の病気を知った時よりも驚愕するであろう。それ故に、誰にも伝えられず、せめて菊池君でもパリにいれば（彼はベルリンに行ってしまった）打明けられるだろうにと、思った。とはいえ、この異邦の同僚に魂のなげきを伝えたかったとは、恐らく淋しさに堪えがたかったからでもあろうし、優しく心情をかたむけた彼の手紙に感動したからであろうが、思えば腑甲斐ないことであった。

しかし、ラバスール君よりも先に、恩師シミアン博士に打明けるべきだと気がついたので、すぐアヌシー湖畔へ出発することを躊躇したのだった。ラバスール君が去ってからゆっくり博士を訪れようと。

しかし、その翌日から、私は仰臥していられなくなった。朝からあてもなく出歩いた。なにかしら準備だというように自分では思った。パリにもどるべき季節になっていたので、あわて出したのかも知れない。生活の方針を変更する決意をしたので、パリへ帰って、整理すべきものは整理し、新しく準備すべきものは準備したいと、考えたのかも知れない。パリへ帰って、ベレソール氏やエストニエ先生ともじかに相談したいと、考えたのかも知れない。都合によっては、直ちに日本へ引上げることにしてもよいと考えたのは、確かである。それ故、病軀をならそうとしたのかも知れない。

人々の去った後のサン・ジェルヴェを、くまなく歩きまわった。歩きまわったといっても、坂路にかかれば息がきれて、杖をついては幾度も休んであたりを眺めるしまつに、わが健康の衰えのみが歯痒く感じられた。魂は翔るようなのに、身体は少しの運動にも堪えず、病軀を動かそうと焦慮すれば、鼓動は早鐘の如く火を吐くように息が荒れて、それこそ生きた私が、肉体を離れようとしているかのように恐ろしかった。

その頃は、大空が濃霧の幕になって垂れ下るようで、プラテもレフィズもホテルの裏のなだらかな山の中腹まで、その幕にかくれるような日が、多くなった。その幕は朝はやや高いが、しだいに垂れさがり、夕方には頭につかえそうに垂れこめる。

私は町を歩いて、思いがけないところに農家があって、その庭へまぎれこんだりした。農家の庭には、あんずや林檎が美しい色にみのっていた。或いは農家の美しい果樹園にまぎれこんで、その樹蔭に休んでいると、ふとったおかみさんが家から少年を呼び出して、熟したすももをもぎとらせて、吃驚している私に、たくさん与えたこともある。このおかみさんは、私を少年と見たらしく、

「まだお若いのに、遠い国から一人で来ているのですか」と、同情していろいろ問いかけてから、「私の長男もまだ少年だったが、戦争に征ったまま、まだもどって来ません」

と、毎日その帰りを秘かに待っているように、長歎息をした。

その果樹園の横から、渓流の方に出ようとすると、サン・ジェルヴェの入口と思われる小さい広場に出た。そこに戦死者にささげた小さい忠霊碑が建っていた。碑面にきざんだ勇士の名

を数えてみると、七十六名あった。（その夜、サン・ジェルヴェの人口を質問したら、ホテルの主人は八百名そこそこだと言っていたが）七十六名を順々に読みながら、すももをくれたおかみさんの長男を探してみた。

私は忠霊碑の横の石にうずくまって、休みながら、手巾に包んだすももを皮ごと食べた。よく熟して香気が口中にひろがるようなすももであった。広場には人一人通らない。霧におおわれた自然には、音一つ聞えない。この七十六名の魂は、神とともにあると信ぜられるのに拘らず、あのおかみさんは、すももが実ればわが子を想い、わが子に与えるつもりで見知らない異邦の男に、熟したすももをめぐんだのであろう……

母の執拗な愛は恐ろしい。

その頃としては珍しく陽のもれた或る朝のことである。

私は裏つづきの山の方へ歩いてみようとした。ホテルを出ようとすると、二階の南向きの窓から、ノルウェーの青年が半裸体になって、私を呼びとめ、折角の太陽を思うさま体に吸収しなければいけないと注意したが、私は久振りに晴れた裏山のカトリックの教会へ上るつもりであった。避暑客が去ってからは、裏山の別荘はみな閉じて、鐘楼のそびえ立つ教会だけが開いている。教会にはいって、かたい木の椅子にかけて祈るのでもなくじっとしていれば、暗いなかに、モザイックの色硝子窓をとおして、にぶい光に聖壇が浮びあがって、気持が不思議に落着く。カトリック教とはどんな信仰の上に立つのか。福音書は読んだことはあるが、ラバスール君の母が赤ん坊を改宗させたいと願っていることを思い合せて、私は教義について知りたいと思った。

パリに着いて間もない頃会った三木清君は、パスカルについての論文を書いていた頃のことと て、散歩の折にフランスにいる間にカトリックの精神の秩序について学ぶのも無駄ではない、というようなことをよく話していたが、そんなことも思い出された。コントからデュルケームの社会科学に、ただひたむきになって、三木君が注意してくれたフランスの精神ばかりか、精神に関する学問には、心を向ける余裕さえ持たなかったことが、悔恨をもって思い出された。デュルケームの社会科学も、実は先ずそうしたフランス精神をおさめてからでなければ、完全に理解できなかったのであろう。社会事象をいくら集めても、当為は出て来ないと、横田君と論じ合った日のことなども、暗い教会で、愚かしく思い出した……

その教会から出て、横の坂路をのぼると、児童サナトリウムの前に出る。児童サナトリウムは芝原のなかの清潔な学校のようで、霧のおりない季節に登った時には、十人ばかりの児童が糸杉のしげみの蔭に机と椅子を持ち出して、半裸体のまま授業していたし、その向うの菩提樹の繁みの蔭には、十数人の児童が小さい寝椅子に仰臥して、無言の行をしていた。

ところがその朝は、サナトリウムの横の囲いの柵に、黒い外套の女が、ぴったり身をよせて内をのぞいていた。黒い手袋の両掌でしっかり柵を握って私の近づくのも気がつかない様子である。私もその女の眺めているものに好奇心をそそられたが、芝生の上で十人ばかりの児童が裸体になって、日光を浴びながら、軽い体操をしている。どの少年も瘠せて、その体軀は赤く灼けていたが、暫く体操をしてから、先生であるか医者であるか指揮者の命令で、寝椅子の方に駈けより寝椅子にかけた大きなタオルで体を拭い、そのタオルで上半身を包んで、寝椅子に仰臥した。

私はそっと柵をはなれて上の登山電車の停留所の方へ去ろうとしたが、黒い外套の女は、相変らず柵をつかんでのぞきこんでいた。私が背後を通った時に、女はやっと気がついたらしく振り向き、黒のベールを帽子のひさしにかき上げて、挨拶した。フーコール夫人であった。

「皮膚をきたえるといっても、この秋にあんな風に裸で、風邪を引かないでしょうか」

夫人はそう溜息したが、私は答えるべき言葉がなかった。

数日前の夜も、食卓で、夫人はジャンの病気について、「私の家系にも、良人の方にも胸の病気の遺伝はないのですが、ジャンがおなかにある頃、良人が戦地にあったので、それを苦慮したことが、あの子の体質を弱くしたと、先生は申しますが、それならあの子の病気も私の責任ですから」と、パリへ帰りがてな母の心を述懐していた。

停留所にのぼって、振り返ったが、フーコール夫人はあのまま柵をつかんでいた。恐らく毎日、サナトリウムのまわりからはなれられないのであろうが、私はフーコール夫人の姿にA子を感じたのだった。

A子も毎日国際託児所へ行って、赤ん坊を抱いているのではなかろうか。赤ん坊を眺めていれば、自己を空しくして、現在の不幸も不満も忘れ、将来にたいする漠然たる希望によろこびを感じられるのであろう。私というものは彼女からなくなっても、A子は生きるよりどころを得てけっこう倖せになれるであろう。そう思うことは、私にも軽く安心のできることであった。

＊

……私は十月なかば過ぎの或る午後、膚寒い微風がプラタナスの黄葉した梢にかさこそ音をたてているアヌシーの駅に、しょんぼり降りた。他に一人の客も降りなかった。私のさげたただ一つの小さい鞄には、灌腸器と便器とが、金属性の音をかたことたてていた。私は駅前広場の向うに佇んでいた馬車を呼んで、とにかくホテル・サボアに行くことにした。

駅を中心に小さいアヌシーの町も、季節外れで人影もなく淋しくて、すぐに馬車は町外れから湖に一直線のプラタナスの並木路に出た。並木路の向うに間近く、無気味な黒い湖が、これも黒くて小高い男体山(なんたいざん)を思わせる形の山の手前に、横に細長くひらけていた。しかし、こんなに黒い湖を何処でも見たことがない。しかも、男体山に似た山は湖にせまるように、影をおとして、湖面は不吉な色に波立っていた。

「黒い湖だね、黒い。不幸を招きよせるような湖じゃないの」

私は思わず馭者に話しかけた。

「こんな山のなかですし、深いからですよ」

と、馭者はこともなげに笑ったが、私は外套の襟をたてて、咳の予防をしてかかった。

湖畔には別荘が散在していたが、閉じてしまったものかひっそりしている。ホテル・サボアも淋しかった。しかし、ホテルの主人は、シミアン博士のところを訪ねたのだがと告げると、「日本人さんですな、先生からよく伺っています」と言って、お茶をのんでいる間に舟の用意をしますからとて、私を湖面をみおろすサロンに案内し、紅茶や菓子をはこばせた。

私は疲れていたので、椅子を二脚よせて、無作法に両脚をなげ出して休息しながら、黒い湖を眺めた。博士の別荘は何処にあるのか。殆ど半年振りに恩師に会う喜びや、恩師を失望させるようなことを打明けなければならない悲しみを、こもごも胸にしながら、博士との会見をあれこれ想像した。

舟はモーターボートで、主人自身が案内してくれた。この若い主人が、博士の消息を聞かせてくれる様子で、博士を尊敬していることもよく分ったし、湖や舟については若い主人を信頼してもよい筈なのに、私は何かしら不安で、機嫌のよいフランス語で答えられなかった。口も利けないほど疲れていたからであろう。博士のヴィラは小さい岬の向う側であったが、十五分もしないで着いた。

少し手前の芦（あし）の生えた岸を縫って、走りながら、合図の警笛であろう、若い主人は高い汽笛を鳴らした。すぐに、ヴィラから夫人の出て来るのが見えたが、舟の近づくのを見て家に小走りでもどり、私達が裏岸に着いた時には、博士とともに汀（みぎわ）へ迎えに出て来た。汀から家まではたくまない自然の芝生の庭らしく、家も博士のものらしく平家の簡単な建物であった。

――顔色がずっとよくなったよ。どうか、旅は疲れなかったかな。

――よくお寄り下さいました。お寄りがないものと諦めてお噂していましたのに、奥様はお早くお帰りですって、……今度もお会いできないで残念ですが、貴方がお出で下すったのですから、これ以上欲は申されません。

ふだん言葉尠ないお二人が、せきこんでこう言うので、私はただ嬉しさに暖かな掌を握って涙ぐみ、御機嫌如何と、まるで子供のような挨拶を返したにすぎない。夫人は私を全く病人だというように労って、家に案内し、

「お話は後にして、お夕飯までムッシュには休息していただいた方がおよろしいでしょう」

と、博士に同意を求めて、奥まった部屋に案内した。

「十日ばかり前にラバスールさんがおりましたお部屋ですよ。今度は貴方をお迎えするのを待っていました。お夕食までゆっくりお休み下さい。お夕食は七時です。何か必要なものがおありでしたら、遠慮なく仰有って下さい」

と、夫人は部屋の内部をくまなく調べて出て行った。

化粧棚には水も汲んである。新しいシャボンも用意してある。机の上の花瓶には野の花を摘んで活けてある。ベッドのシーツも新しく換えてある。ほんとうに、私を毎日待っていてくれたことが部屋の隅々にまで感じられた。私は旅の埃を洗って、上衣を脱いだままベッドにはいったが、家中森として物音一つなく、汀によせる小波が妙に疲れた神経にさわった。体は熱っ

ぽかったが、脈は八十台で、もう病人の意識はやめようと、体温計を出さなかった。湖に向って開けた窓から、黄昏と冷気とがしのびこむ頃、起き上って霧のたちこめた湖面を眺めていると、夫人が炉に火をいれたからと呼びに来た。

博士は書斎兼サロンの炉に薪をたいて、食前のアペリチーフを私にもすすめ、一別以来の話をした。私も赤い酒をついだ杯を両掌に暖めながら、先生がご自分の研究やラバスール君の研究について静かに語るのを聞いていた。いつも微笑をたたえた唇や特徴のある澄んだ目を間近く眺めていると、私もこの夏これだけの研究をしましたと報告のできないことが、先生にすまなかったが、同時に、先生の恩恵をなげうつように学問をやめる決意をしたと語らなければならない苦衷から、しぜんに言葉尠なくなって、博士のきれいな発音と精巧な言葉の選択とに、聞きほれていた。

やがて食事の用意ができたからと、夫人が次の狭い食堂に案内した。

「ふだんお客様がありますと、お夕飯はホテル・サボアに参りますが、お疲れでしょうと思いまして、運ばせましたが、火をいれなおしたりして味がかわって、お口にあいますかしら」

夫人はそう心配していたが、三人前の食事に一人の女中をつけて、霧の湖をモーターボートで運んだと聞いて、ホテルの主人の厚意や博士夫妻の歓待が、身にしみた。

博士夫妻は使用人もつかわず、たった二人で岬のかげの小さいヴィラに、静寂な生活をつづけて、私のような侵入者があれば、ホテルに救済をもとめるのであろう。ホテルの女中は、デザートの給仕をすませると、若い主人の運転するボートで、湖の向うへ帰って行った。

食事の間、私は問われるままに、旅の見聞やフォンテンブローに残した子供の消息を、脈絡もなく話した。その間に、あの決心を現在の心境であるとして打明けようかと、何度も思ったが、先生の穏やかな視線や夫人の親切な面持にぶつかって、ためらってしまった。

夫人は自ら熱い珈琲をいれるからとて、私達を書斎の暖炉の方へ案内した。火の欲しいような膚寒い夜であった。暖炉の前の深い椅子に掛けると、私はいよいよ決心を語るべき時であると覚悟した。しかし、先生はすぐに暖炉の上の葉巻に火をつけて言った。

「私の講義は来週の火曜日にはじめることになっているが、今年は例年のように新聴講生の紹介や研究題目の選択や希望などは後廻しにして、最初の日から二、三回、君が希望ならば、全部君の研究報告にあててしまおうと思うが、どうだろうな。ラバスール君にもその話をしたところ、この企画にたいへん賛成していたが……もう君は新しく私の講義を聴くまでもなかろうから、その報告が終れば適当な土地で静養しながら勉強して、例の日本の貨幣についての報告をしたくなったら、その時にまた教室へ出て来ればよいと思うがね……ラバスール君も、そうすれば最初の時間から聴講すると言っていたし、Rさんもそれまでにルーマニアから帰る知らせがあったし、メルシエ君もその頃パリに用事があるから、一、二週間滞在できるし、総てに好都合だが……」

それは確かに思い切り親切なはからいであるが、研究室の慣行を破る処置であることを、博士の名誉のために心配した。しかし、先生は私の心配を一笑に付した。

「……新しい聴講生諸君は驚くだろうが、最初の日から君の報告を聴いて、研究とは如何にすべきか、自然に体得することにもなろう。そしたら、愚にもつかない意図で、私の教室へはいろうとする者は、例年のように研究題目の選択にみんなの時間を空費させるまでもなく、教室から去ってくれるだろうし……君の報告書は、全部フランス語になっているのだろう。タイプに打ってなければ、ゆっくり読み上げて報告すればよい。君も、兎に角研究報告を一纏めすれば、安心できてよかろう」

先生の思いやりある言葉に、感謝して、私はあやうく涙ぐみそうになった。社会科学をすてるにしても、最後まで忠実に報告を終ってからでなければ、先生にそれを打明けてはならないと、その時はっきりさとった。長く深く触れ合った恩師に、それでなければ、すまないばかりでなく、私というものを歪めてのこすことになる。赦しを乞うように、忠実に義務を果さずに、私の魂の希求を真誠に識ってもらおうと願うのは、身勝手な傲慢である。

それ故、私はうなだれて、第一回目の講義から、授業時間をもらって、研究報告するからと喜んで約束した。報告の最後の部分はまだタイプに打ってはなかったが、パリに帰ってから一週間もあれば、タイプに打つこともできると秘かに考えた。実際、先生と暖炉の前で静かに話していると、病軀であることも忘れて、先生に喜んでもらう仕事を先ずしたいと、しぜんに考えたのでもあった。

夫人が珈琲をいれて、私達に加わったが、夫人は椅子を炉辺によせるとすぐ、日本の家庭や婦人の生活について伺いたいと言った。何事もひかえ目な夫人が、そう積極的に言葉をかけるのに、一寸驚いたが、一体どう語るべきか漠然として迷った。夫人は細々と質問しはじめたが、私はそれに答えながら、夫人の抽象的な質問が結局、私とA子との関係について、疑問を抱きながら心配しているからではなかろうかとさとって、赤面した。

しかし、夫人が母についてたずねたのをしおに、両親のことや幼年時代の思い出を、叮嚀に話してしまった。……父が若くして新興宗教の信仰に帰依して、その信仰の命ずるままに全財産を放棄して無所有の生活のなかに真実を生きようとしたのに、母はすなおに従って、不平もなく清貧にあまんじ、父と信仰をともにして、十一人の子供を儲けて、立派に育てたことや、そのために、私の幼年時代は、その頃の栄養不良が今日の病気の素因であると言われるほど惨めではあったが、常時神を感じ、神とともに生きて幸福であったことなど――こんな風な私事を臆面もなく語るような野暮は、その時はじめて犯した過失であるが、何故また詳しく具体的にくだくだしいフランス語で話したのであろうか。

博士夫妻は感動して、日本人が信仰と生活との関係では福音書の命ずるままに立派に生きることや、日本人のストイックな生活態度を知ったと喜び、よく話してくれたと感謝さえしたが、私は話し終ってから気付いて慚愧(ざんき)に堪えなかった。A子に対する失望をお二人に気取られないように、無意識に努力したからでもあろうが、長いホテル暮しの後に、湖畔の暖かな家庭に迎えられて、人種や習慣の心の垣もしぜんに崩れ、二人の前にわが魂をあらわに示さないではいられなくなったからであろう。(そして、かく語ったことが、他日あの決心を伝えた時に、すなおに理解してもらえる助けにもなったが)

炉辺で思わず夜半まで語りあい、疲れてはと夫人が心配してくれた時には、実際私は口を利くのもおっくうであった。わが部屋に退って、開け放った窓から、大洋のように白霧のたちこめた湖面を眺めていると、夫人が熱湯を持ってはいって来られて、

「窓を閉めてお休みにならなければ風邪を引く恐れがありますよ、よく熱湯で脚を暖めて頭の血をさげて熟睡して下さい」

と、一つ一つ窓を閉じて窓掛まで引いた。

「朝はミルク珈琲でおよろしいでしょうか。お部屋へ運びましょうか、向うへお出掛け下さいますか」

「出向きますが、お時間は……」

「幾時でも結構ですが、八時半頃ではご無理でしょうか」

「それから皆さんはパリへいつお引上げのご予定でしょうか」

「日曜日のつもりでしたが……第一の講義が火曜日の夕だそうですから、その午後までに行けますれば……」

その日は金曜日であった。引上げ間際にさわがせたことにはじめて気付いた。あすの午前中

には、ホテル・サボアへ引上げなければならないと思いながら、私は熱湯をたらいにあけて脚をそれにつけた。

第十二章

……私は日曜日にパリに帰った。

土曜日の午前に、シミアン博士の湖畔の家を引上げようとすると、博士夫婦は、ホテル・サボアで昼食をともにしようと引きとめた。前夜、ホテルの主人に舟で迎えに来るように命じてあるとの話である。それに、先生は十一時頃までは、習慣として勉強であるから、私もたって希望をのべて、パリへ引上げ前の二人を妨げてもと慮り、言われるままに、湖畔に出て暫く芦のなかの路を歩いてみた。珍しく霧がなくてよい天気だと、夫人は言っていたが、陽はかげり空も不透明にひくくて、水の色も山の色も芦の枯れ具合も、秋のない国らしく、もう冬であった。

パリはどうであろうかと、半年振りのパリが想われた。先生の朝の勉強が終って、裏の芝生へ出て、日向ぼっこをしながら話していると、白いモーターボートが岬のはなをまわって黒い湖に見え出した。

博士夫妻は昼食がすむと、フランス人らしくもなく休息もせずに、あわてて別荘へ引き返して行った。次の夏までの荷物の整理に、ホテルの主人や下男が手伝ってくれるから、早く片付けなくてはと、笑っていた。翌日パリへは、同じ列車がよかろうと話してもいた。その季節にはパリ行きの列車はすくなくて、都合のよい急行は一本しかないので、博士夫婦のお伴をすることにした。

私はアヌシーの町を見物しようとして街へ出て見たが、侘しい街で、それに疲れていたので、狭い本屋で、評判になっていたシャルドンヌの「バスコ」という小説を買うと、すぐ引返して夕方までベッドでそれを読んだ。その晩、夕食をすませて、部屋へのぼるエレベーターを待っていると、博士夫妻がそのエレベーターでおりて来た。家を片付けて、今もどったところだ、疲れるから今夜はゆっくりホテルで一泊するのだが、君もよく休養し給え、いずれ明日と、握手した……

こんな些細なことを何故くどくど書くかと、われながら疑うが、私はどうやら、こんなことをしてはいられないと、あせり出していたようだ。病人の休養生活から健康者の活動生活へ移らなければと、本能的な焦慮がはじまったのだ。それも先生に会ったからだったが……

翌日の列車の狭いコンパルトマンには、私達三人きりだった。それが私には却って窮屈であったが、シミアン夫人は思いがけなく訊ねた。

「日本の神について、もっと詳しく話してくれませんか」

日本の神――私は自分の耳を疑って夫人の顔を見た。これはフランスに暮してはじめて聞く

言葉であり、狼狽したのであるが、夫人は、

「一昨夜、ご両親の信仰生活について伺ってから、ずっと日本の神を考えていましたよ」

と、湖畔の家で打明けた話を持ち出した。

ああ、そうだったかと気付いたが、さて、両親の帰依する神については、小さい頃から耳に胼胝（たこ）のできる程聞いていたが、いざ語るとなると観念が明瞭ではない。それに、天理王の命（みこと）という大神が、日本の神であるとも言いきれない。私はヨーロッパに滞在中これほど困った質問を受けたことはないが、兎に角、日本の神道や仏教のことから日本人の宗教生活を話して、両親の帰依する新興宗教の起因やその状態を、たどたどしく説明した。先生も非常に興味を感じて、日常生活のなかの信仰に関する儀式とか、習俗的な信仰事実などを、根掘り葉掘り質問した。私は神棚に祭られる天照皇大神宮から、仏壇のこと、氏神様のことなど、およそ日本人の信仰に関係ありそうなことを、組織だてられずに何でも話した。両親が私の病気をも、己れの信仰の不徹底からとして神に懺悔し、私の写真に朝夕お授けをして、祈願していることまで打明けた。日蓮宗に熱心な妻の母は、観音経を日に何十遍あげるようにとて、お経本をはるばる日本から郵送してくれたことまで話した。

この二人には、見栄や体裁もなく、はらわたまで示したいと思ったからだが、その時「君はそれでその神々を信じているのか」と、問われたら、うろたえるところであったが、博士夫妻はただ感心して聞いていた。恐らく私もどんな形かで両親の信仰をもっているものと信じたの

であろう。先生は、

「日本の経済生活や社会生活は、君が着ている背広のように、ユニバーサルな性格から、かなり判断できるが、信仰や信念は特殊なもので外から軽々しく判断してはならない。そして、その国柄を識るためには、先ずその点を識らなければならない、信仰やその国の神が国の力の源泉であるからな」

と言って、デュルケームが原始民族の信仰について熱心に研究したのも、畢竟、信仰という難かしい問題を社会学的に研究する第一歩であったことなどを、話した。

先生が重大な問題を、そんな風に事もなげに話していることには、私は迂濶にも気付かなかった。十九世紀に発達した自然科学を人間の社会にも適用して、人間を自然や環境や組織に左右されるような、動物学的にしか見られなくなっていること——それが社会学だと考えられている時、そして、知識人が次第に信仰をうしない、精神の光をくもらせて行く時、社会全体が戦後の社会不安から、絶望的に神を見失い、個人的な逸楽に陥ちている時、デュルケーム学派がしきりに倫理的事象を説いて個人の集団への義務、道義、信仰などに触れたけれど、その学派に学ぶ私は、多くの人々と同様に、一般の風潮を超克できないばかりか、社会学の「自然科学的方法」に眩惑されて、デュルケームの精神を汲めなかった。人間の考察を、動物学的にしかしなかった。人間のなかに動物と神とが同居しているのに、その動物ばかりに心を奪われて、その神を殺し、その神を見ないことが、進歩であるという過失をおかして気付かなかった。

……そのパリ行き急行は、フォンテンブローに停車する筈であったが、どうした訳か、素通りした。私はその森の駅で途中下車して、A子のいる筈の、森の端のホテルに落着いて、国際託児所にあずけてある子供を見舞うつもりであったが、列車はパリに直行してしまった。一寸狼狽したが、ギャル・ド・リヨンに着いてみれば、ああ遂にパリにもどれたという感激で胸があつくなった。気ぜわしく歩く婦人達も、タクシーのラッパの音も、駅前の並木の薄霧にかすんだ色も、街の上に垂れさがった曇り空も、空気の匂いまでみんなパリだ。「あさっての午後に」「奥さんによろしく」と、握手してタクシーを呼ぶ博士夫妻の慌しい別れ方も、パリである。

兎も角、私もタクシーをひろってボアロー街のボングラン夫人の家へ行くより他になかった。街を走る車のなかで、私は窓に顔をおしあててパリを吸収しようとした。静かなボアローの家の前に立って、ベルを押すのも、生きて再び押せたという秘やかな歓喜である。歩調正しい靴の音がして、「ああ、ムッシュ」と、驚いた表情で、掌をとらんばかりにしたのも、あのボングラン夫人だ。

この秋はもどるものと予期していたが、こんなに突然に……と、しきりに驚いてはいたが、よろこんでくれて、運よく階下の部屋を用意してあったとて、すぐ庭に面した以前の部屋に通したが、窓を開けながらその後の様子を訊ねること訊ねること。お母さんのアベール夫人までが、不自由な足を引きずってはいって来て、ほんとうによくなって戻ったと喜び、やがてアベール老人も曲った腰に目をしょぼしょぼさせて来た……私も椅子やベッドや、アルモアールや、ピアノや、壁に掛けたままのこしていた佐伯祐三氏の絵などを、見廻して、よくぞ帰ったと微笑と溜息が出た。

その晩はベレソール氏も家にあって私の歓迎の晩餐会をしてくれたが、A子の留守のことが、どう説明しても腑におちないらしかった。兎に角、異境にあって、こんな風に何処でも歓迎されるのは、稀有なことで、(日本大使だってそんな風に心から歓迎されはしないと或る外交官の友人は評したが)ただ感謝しなければならなかったが、高地で暮した影響か、パリに着く頃から珍しく頭が重く、熱も多少あるらしく、三日間も便通がないので、灌腸をしてみた。パリに着いて最初にすることが灌腸とは、もう病人という意識をなくして暮そうと決意している矢先、不吉の前兆であった。その夜は神経もさえて寝つきが悪かった。

パリはもう霧の季節になっていた。翌日は、火曜日の研究発表の準備のために、終日ベッドのなかで、忘れかけた草稿を読み、資料について記憶を整理したが、窓から霧がしのびこんで、暖炉をたきましょうかとマダムが訊くほどの寒さであった。

研究発表は発病当時一回してあるので、今度は三回に行うことにして、最後の部分だけタイプに打ってないので、気分のよい時に疲れない程度に少しずつ叩くことにした。従って来週の火曜日には研究の発表を終るので、そしたら新しい生活をはじめよう。物を書くための準備に、日常生活をどう変えるか、パリを去って日本へ帰るか、親子三人で暫く南フランスででも暮してみるか、いずれゆっくり決定しようと思った。

しかし、その翌日も朝から霧で、起きぬけに、わずかな喀痰をしたが、その痰に赤い血の筋がとおっているのに気付いた。この二、三カ月痰をみなかったし、痰に血がにじんだのもそれが最初のことで、衝撃を受けた。全快とは言えなくても、ずっとよくなったつもりで帰ったので自信を喪失した。熱も七度を越えていた。悲観してはいけないと、一心に自分に言い聞かせるほど、落胆した。

しかし、その午後は奮発して研究室へ出掛けた。ラバスール君もメルシエ君もR助教授夫妻も、みな再会を祝福してくれた。十数名の新聴講者も加わっていた。ところが、シミアン博士は慣例を破って、新聴講者の自己紹介や研究題目の披露も待たずにすぐ、私に研究報告を命じた。

報告の時間は大体一時間なので、私は一回分のタイプに打ったうつしを数部、先生や聴講者に分配して読んでもらうことにして、論旨を説明するにとどめた。それから質問を受けることにしたが、質問者もないので、その研究の基礎をなしている統計について、社会事象の研究に於ける統計の価値ということを、追加として述べてみた。博士は、その追加の説が新聴講者を非常に益するものであると喜ばれて、批判もし、その部分も別にタイプに打って提出するように勧告してくれた。第一回の研究報告は変則に行なったが、成功であった。しかし、そのために私は非常に疲れ、終った時には全身汗にぬれていた。それ故、新聴講者の自己紹介と研究題目の選定になると、博士の許可を得て早退けすることにした。ラバスール君とメルシエ君とは、私の成功を喜んで廊下に出て来て、握手して見送ってくれた。

＊

……その成功は決して私にはよろこびではなかった。ただ、シミアン博士への義務と感謝とのために報告したのであるし、私の心はもう学問から去っていたからだった。それに加えて、健康についての不安が、新しく襲って来たからだ。

翌朝も僅かな喀痰があった。紙にとると、一筋赤く透けていた。喀血して一度に何百グラムも血液を失う者もあるのだから、かりに血痰であっても怖れてはならないと思い、二度目ではあり、落着いた。しかし、私は自分の健康を取戻すことと将来の方針とを一つにしなければならないと、直に覚悟した。それ故、朝の喀痰をもって、ボアローの病院へ行き、スクリーブ氏に会って、ブザンソン教授の診断を乞う手続を依頼した。

スクリーブ氏は驚いて迎えたが、大きな旅行をして、しかも、病院へ歩いて来れるようになったのは、半カ年の収穫として上出来だと喜んで、喀痰の検査やレントゲン写真をとって、翌日のブザンソン教授の診察に準備した。

「レントゲンでもよくなったあとが歴然と見えますが、何しろ注射しないで、ご自身もろい感がしないことは、喜ぶべきことですよ」

信頼するに足るスクリーブ氏ではあるが、もうお世辞や気休めに類した言葉には、耳を傾けなかった。翌朝、スクリーブ氏は自家用の車で迎えに来て、教授の家へ案内してくれた。

教授は私の体温表やレントゲンや喀痰検査表を（血液は肺からではなく、気管からであり、痰には菌もなかったと、その朝スクリーブ氏は言ったが）叮嚀に点検してから、胸部や背部を詳しく診察して、さてどうするかなと、じっと私の顔を見た。無愛想な老教授の目に、私は不思議なほど慈愛のこもっているのを感じて、一寸言葉が出なかった。

「日本へ帰らなければならんかな」

「私の健康を第一にして決定したいと存じます。他の配慮はぬきにして……それで、御指示に従うつもりで参りましたが」

「健康をもとに復することを生活の目的だと、きめられるかな。他のことを考えずにそれだけで安心していられるかな。これができたら、他のことは他日何でもできるが……」

「できます」

「それほど苦しいことだが……どうか、もう半カ年、長くて一年、高原療養所へ行かんか」

「一年ですか」

「その一年が後の十年になって、取戻せるからな」

これから半年か一年療養所の生活をするというのは、もう耐えられそうもない気もしたが、咄嗟に思いなおして、一つわが意志で、医術の力をかりて難病を克服してみよう、わが意志と力とをこころみるのだと、決心した。この数カ月を、あまえた根性のために空費したことが、目がさめるほど解った。それ故、信頼できる療養所を紹介して欲しいと、即刻教授にたのんだ。

ただ、スイスでみた高原療養所は、ダボスもレーザンも実に贅沢であり、私には落着いて療養するという感じは出そうにもなく、それに加えて、スイスフランは高くもあるので、半年以上とどまるためには、経済上どうしてもフランスの国内で、質素な療養所を選ばなければならない。教授はフランスで理想的な結核都市を、欧州大戦後新しく建設しているからとて、エーン県の山のなかのオートビルにあるデュマレ博士の療養所を紹介した。いつでも行けるように、教授から手紙を出しておくからという話だった。私は研究報告が終り次第、出発する旨を伝えた。療養費が心配になったが、博士は「パリの大学生生活よりもかからないから安心し給え」と、慰めた。

「今度こそ、握手するのは日本へお送りする時になろう」

そう老教授は重ねて激励しながら、エレベーターの口まで送って出た。

その刹那、私も日本人らしく立派に闘病して、この人にはよくなったとお礼に来たいものだと思った。兎に角、レントゲン写真を拡大してみせてもらった私の肺臓は、左肺尖部が、ぼかしたように黒かったし、病竈がないので倖せであるが、その黒色の部分が透明になるまでは全快したのではない。疼痛がないので、病気がおさまったものと思いがちだが、死神を抱えて生きているのに等しい。今死んでは生れた甲斐がない……と、帰途の自動車のなかで、老教授の説明からそう思ったのだった。

そして、宿へ帰ると、ボングラン夫人に診察の結果を語り、来週中に療養所へ行くために、再び宿を引払うことを告げた。夫人は困却したような表情をしたが、そう告げて背水の陣をしいてかからなければ、私はパリを去りたくなくて、ずるずるいてしまいそうに怖れた。エーン県のオートビルというのは、地図で探してみるとリヨンと、ジュネーブとの中間の鉄道からややはいった、山間の僻村らしく、それこそこの世に別れる覚悟でなければ、パリをはなれてオートビルへは行けない気もした。それ故、このボアローの家を永久に去ることにして、地下室にあずけてあった残りの書物や荷物も、日本へ送るように、さっそく運送屋に託す事にした。

……翌日は金曜日で、第二回の研究報告を行なった。そして土曜日の午前中にフォンテンブローへ行った。子供を見舞うことよりも、A子に療養所行きの決意を伝え、将来の方針を相談するつもりであった。ボングラン夫人に打明けた程度にA子に診察の結果を語れないのが、私は悲しかった。真実を話したら、逆上してしまい、落着いて相談できないであろう。それが、予め私の心を重くした。

ホテルの主人夫婦は、よくなって帰ったと言って、多少誇張して歓迎してくれたが、私は、はじめて此処へ着いた日ぐらい疲れていた。しかしパリは霧であったが、フォンテンブローは陽がもれて、庭の日ざしに籐椅子を出して休んでいると、しっとりとした空気が胸にしみるようで落着けた。森の樹々はみな黄葉して、森のなかのホテルの白壁も黄に映えていた。A子も潑剌として、子供のこと、ここを見舞ったGさんの噂、ホテルの食事のことなど、とりとめもなく話した。私の方のことについては、一言も問わなかった。口数の少ないA子が、とりとめなくくだらないことをしゃべるのは、いつも機嫌のいい証拠である。午後は子供を見舞うことをドリノさんに約束してあると言うので、それを幸いに私も子供を見舞うことにした。ホテルの主人が車で送ってくれた。

国際託児所では、天気がよいので、子供は全部庭へ出て日光浴をしていた。

ドリノ夫妻は全快してもどって、マリコも父(てて)なし子にならずにすんだと、喜んで冗談を言った。A子はすっかりなれ切って、白い手術衣のようなものを屋内から持って来て、私にも羽織らせた。しかし、私は子供を抱くつもりはなかった。子供の近頃の食物や発育状態を、ドリノ夫人は熱心に説明したが、私は、日光浴で日にやけてまっくろになった子供がわが子だと、一寸思えなかった。大きくなってもいたが、私の印象や記憶にあった子供とは、まるで相貌がちがったように感じられた。数カ月振りに会って、瞬間、遠くいつくしんでいた愛情がとまどいしたようで、暫く眺めていると、憐憫の情が仄かに湧いて来るばかりであった。菊池君が送ってくれたという大きい熊を一つ抱えて、夜もはなさないと、保母は話していたが、人形も玩具もなく、愛してもらえるたよりもなくて、黄色な熊さんをたよりにしている十カ月の赤ん坊の孤独が、胸にせまる思いがした。

「この家で日本の赤ん坊を他にもあずかっていれば、これがあなた方の子供ですと言われたって、信じかねるでしょう。私もはじめて見たとき驚きましたわ。あんまり大きくなって変化して……でも、マッセーさんに頂いたマリアのメダルを胸にかけていますし、幾日も来ていると、自分の子にちがいありませんわ」

そうA子も笑いながら、育児法を習おうとの意思で子供を抱いたり、一心に世話をする。それを眺めていると、愛というものは、親子の愛でも、努力によって育まれるものであろうと、私にも考えられた。そして、A子がふだんとちがって角のとれたように感じられた。

ドリノ夫人は夏のはじめ産れた我が子を抱いて、私にも見てくれと言ったが、夫人がわが子への愛情から、他人の子供をも愛するだろうと、私はそんなはかない慰安を持った。

私達は託児所に夕方までいてしまった。歩いて帰ることにしたが、託児所前から停車場への並木路のマロニエはすっかり色づいて、珍しく茜色に焼けた空を受けて、私達まで黄金色にそまり、何かしら満足したように黙々と歩いているのであった。

A子は毎日のように子供のそばであれば、幸福で、緊張していられるのであろうし、私もこの森の端で療養したらばと、弱い誘惑を感じた。この森を去った時に較べれば、歩いての疲労感もすくないから、ここでこれから数カ月静養しながら、文学書を読んで暮していれば、子供も日本へつれかえれるほど成長するし、私も航海に堪えられる健康にはなろう……と。

しかし、そう思う反面、その誘惑と闘って考えるのだった。学問をすてて文学をするというのは、結局新しい生き方をすることである。文学するというのは文章を書くことではない。文学がその作者の人間の表現である限り、生活が第一義である、文学をするのだと漠然と考えて、安逸に森の端で文学書を読むというような生き方から何が産れるか、山間の寒村にはいって、生きようという人間の意志と希望で、難病と闘う人々とともに暮して、人生や死について考え、自分も試みてみるべきではないか、子供に書きのこすためにも文学をと甘く考えたが、文学とは道を求めることではなかったかと。

それ故、停車場から馬車に乗ったが、まっすぐホテルに帰らずに、森の中から宮殿の方へ迂回してもらった。この歴史的な森を見るのも、これが最後になるかも知れないと思って……

*

……森のホテルで一泊したが、その朝も僅かな血痰が出た。検痰の結果は気管支の血液だといっても、やはり血痰は私の心を動揺させ、療養所行きを躊躇させなくした。それ故、A子に詳しく決心をのべて、この半年ばかりのA子の生活について相談した。

A子はもうよくなったものときめていただけに、再び病人の生活をするということでうろたえ、その悲歎をあらわし得なかったのであろうが、

「もう病人生活のお伴はまっぴらですわ。子供をつれて日本へ帰ります」

と、顔色を変えていた。

この言葉を文字通りには取らなかったが、私も当分別れて暮すべきであると考えた。私の病

気のために、折角のA子のヨーロッパの生活をだいなしにしても可哀相である。A子にはA子なりの希望もあろう、それを満足させてやりたい。A子には子供のあるところが天国であり、狭いフォンテンブローの街で落着けるのであるから、ここに居残ってもらおう。私は一人で自分の運命を拓くつもりで山間の部落へ行こう。万一私に不幸があっても、子供も次第に大きくなって、A子一人で日本へつれ帰るのも、さして困難ではなかろう。そのうちに菊池君夫妻も日本へ帰るであろうから、その時に、いっしょに帰ってもらおう、菊池夫人はお子さんを育てた経験もあるから……私はそう判断して、その事をA子にも語った。「あなたって人は、自分一人のことしか考えないんです」と、涙をはらはら落して、A子は化粧室へ去ってしまった。

私は利己主義者になってはいけないと自分に言い聞かせていたのだが、総て不幸の原因は私の病気にあるのだと唇を嚙む思いで、クレディ・リヨネーや英蘭銀行の信用状と小切手帳を、涙を洗ってもどったA子に渡した。万一療養所で死亡した場合にも困らないように、総ての書類にサインしてのこし、療養費はA子の方から送らせることにした。

A子は「子供の食事が船ので堪えられるようになったら、すぐ帰国します」と、最後まで言っていた。

そうなったらそれでもよいと、私は肚を据えた。最後の研究報告の部分を月曜日にタイプに打ってしまうために、日曜日の夕方パリに帰ったのだが、ついにA子は機嫌をなおさなかった。機嫌が悪いのではなくて、襲いかかる自分の不幸をもてあましたのであろうに、私も心に余裕がなくて気まずい別れ方をして、ボアロー街へ帰っても、そのことで寝つかれなかった。

……火曜日の研究報告には、兎に角、タイプも打ったし、報告も満足すべきであった。報告してから質問者もなくて、これで終ったとほっとした瞬間、シミアン博士は壇をおりてつかつかと私のところに進み出て握手した。今までの研究報告になかった例であるから、一寸狼狽したが、先生は「君の三年の熱心な研鑽がどんなものであったか、その一端を知り得て嬉しい、そしてこの研究の方法や態度が君の将来に無駄ではないことを信ずる」と、祝福した。その時の博士の目には、この言葉と等しく、他の聴講生には意味の通じない愛情のこもった光が輝いていた。

というのは、私は二回目の報告が終ってから安心もし、ブザンソン教授の診察の結果を報告するかたがた療養所行きの決心を手紙に書いた。その手紙のなかで、社会学への疑念——というよりそれにもまして、私の性情と健康がこの学問に不適当なことをのべて、文学への熱情を吐露してしまった。そして、研究報告をして最後の義務を果し得たのを喜んでいる旨を書き加えたのだが、それに対して、博士は月曜日に懇切な返事をくれた。将来のことは健康になって決定すればよし、差当り健康の恢復に専心するようにと忠告してあった。博士の目は、その返事に書けなかったものを私に伝えていた。

博士の手紙と同時に、ラバスール君からも手紙が来た。博士から私のことを聞いたが、お別れのために火曜日の晩餐をともにしたい、先生とメルシエ君をも招待してあると書き加えてあった。恐らく、先生もラバスール君も私の容態をよく知らなかったのであろう。パリに来てから、どうした訳か、熱は七度を下らず、夕方は八度にのぼって、研究報告がやっとで、晩餐をともにするどころではなかったのだが……

その火曜日の講義が終ったのが六時前であるから、家へもどって服を換えて出直すべきであるが、私にはとてもその気力がなかった。シミアン博士も疲労を察してくれたのか、大学前のキャフェで休もうとラバスール君達を促して、シャンゼリゼのレストランには、そこから行こうと提議した。

三ヵ年以上学んだ大学に、これが最後かと、私には感傷もあって、ラテン区で休息するということが嬉しかった。霧のなかの街の灯、暗い歩道の人通りの様子、焼栗の匂いまで、ラテン区らしくて懐かしく、私はいっとき疲労を忘れて、アペリチーフの杯を掌で暖めながら、黙ってラテン区の宵を楽しんだ。それから車でシャンゼリゼの贅沢なレストランへ行った。

先生をかこんで儀式ばらない晩餐であったが、メルシエ君と私との壮行会のようであった。メルシエ君はノルマリヤンでないために、希望したようなディジョンの中学校によい就職口がなかったが、デュルケーム学派の方々の斡旋で、満足すべき地位を得て、お母さんの待つディジョンの郊外にもどって学究的生活をするのだった。

しかし、話題は私を中心にした。私も熱や疲労や病気のことを無視して、シャンパンをも飲んで、旺んに話した。

　先生は、ずっと前に日本から帝大の糸井さんが、研究室に暫くいたが、研究報告をすることもなく、ハイデルベルヒへ去ったことを惜しんで話した。糸井さんは頭脳もよく研究も熱心で綿密であったから、日本へ帰ったら社会学年鑑（アンネ・ソシオロジック）の方の日本に於ける協力者になってもらおうと楽しみにしていたところ、ハイデルベルヒで病死したと、悲しんでいた。その先生の話は、私には辛い筈であった。私もついに先生の期待にむくいずに、病気とはいえ学問をすてるのだと、まるで宣言のような手紙を書いたのだから……ただ、その席では、私の文学について、先生もラバスール君も触れなかったので助かった。

　ラバスール君は、母堂がこの冬の季節をパリで迎えるのに、A子や私に会って子供を改宗するのをたのしみにして、南仏から帰るのにと、母堂の失望を語っていた。私はカトリックについては知るところはないが、赤ん坊に洗礼を受けさせたにしろ、成長してその信仰に帰依できるか、おぼつかない気持がした。ただA子は、カトリックの信仰を得れば、フォンテンブローに一人暮すにしろ、日本へ子供をつれて帰国することになるにしろ、生きる糧（かて）を得るだろうと、たのもしく思った。それ故、私はエーン県へ去っても、A子や子供をラバスール君にくれぐれも頼んだ。

　ラバスール君はシミアン博士と相談して、ラバスール君の母堂が代母に、シミアン博士が代父になって、子供の洗礼の式をあげるような約束をした。どうやら酒の上の話でもなさそうである。私としても、よくA子と打合せておかなければならない。兎に角、その晩は、食事や酒も贅沢であったが、ラバスール君がいろいろの話題を次から次へ提供して、お別れというしめやかさを払いのけてくれた。

一つ車で先生をアンバリッドに近いお宅へお送りしてから、ラバスール君は、

「君が病気でなければ、これから愉しい場所に案内するんだが、それは全快して、いざ日本へ帰る時までおあずけだね」

と、笑って、ボアロー街へ送ってくれた。

「僕は一晩中おつきあいするよ」

と、私も冗談を言った。

実際、スモーキングであれば、ラバスール君と何処へでも行って、最後のパリの夜をたのしみたいと、すてばちな気持もあった。ボンニュイと、宿の前でラバスール君が両掌で握った感覚は、只今ペンを持っている手になお感じられる気がする。その夜、酒と疲労と興奮で私の心臓はわれそうに動悸して、われながら気味悪かったが、心臓麻痺で死ぬなら死ねと観念して目をとじていた。

……その木曜日の午後に、パリを引上げたのだった。殆ど誰にもお別れもしなかった。前日、ブザンソン博士から、オートビルのデュマレ博士の返事を送って来てくれた。それによれば、

デュマレ博士の療養所は満員であるが、別館式なホテル・レジナに部屋をとってあるし、オートビルの駅は急行が停車するが全くの寒村で、車のない場合があるから、予め着く時間を知らせてくれれば、迎えの車を出すとのことだった。駅から療養所のある部落までは自動車で一時間以上かかるとも書いてあった。全く山間の僻村であるから、修道院へはいるつもりで行くようにと、ブザンソン教授は激励の言葉を加えてあった。

修道院というのは、療養生活の厳しさを意味したとはまだ知らなかったので、この形容をたいへん面白く思った。

途中でもう一度、未練がましくフォンテンブローのA子の宿へ寄った。A子に会いたいとか、A子にもオートビルへ行ってもらいたいとか、わが子を見たいとか、そんなことではなかった。異国で淋しい冬の間、森のほとりに女一人過すA子があわれであったからである。そして、ラバスール君の母堂の信仰をA子にすすめたいからでもあった。

A子は突然立ち寄った私を見て、療養所行きを中止したものと誤解して喜んだ。しかし、真実を知ると、折角落着いた心を乱しに寄ったのだと言って、興奮した。私はラバスール君の母堂のことや赤ん坊の洗礼のことを、なかなか話せなかった。

その翌日、オートビルへ出発した。

「午前中では、赤ん坊を見ては行けないわね」

「未練が出るから見ない、君に委せた」

「私は赤ん坊を見に寄ったとばかり思ってたわ」

その朝プティ・デジュネを取りながら、そう話す時の語気がやわらいでいたので、私はラバスール君の母堂のことや赤ん坊の洗礼のことをやさしく話す機会にめぐまれた。カトリック教を識るのも、この国へ滞在した一つの勉強であるからとすすめてみた。ラバスール君の母堂を遠い伯母さんのようにたよることで、フランスの婦人を識るのも勉強だと話してみた。

A子は答えなかった。しかし、いざ出発となると駅まで見送って来た。自動車のなかでも、プラットホームへ立っても、私が汽車に乗りこんでも、A子は一言も言葉をかけなかった。言葉を出したら愚痴や涙になるからであったろう。その淋しさ、憤り、悲しさは、外套の襟をたてて悄然(しょうぜん)とプラットホームの霧のなかに一人佇んでいた彼女の全身に、よく滲み出ていた。

〔1941年10月〜1942年11月「文學界」初出〕

P+D BOOKS ラインアップ

東京セブンローズ（上）	井上ひさし	●戦時下の市井の人々の暮らしを日記風に綴る
東京セブンローズ（下）	井上ひさし	●占領軍による日本語ローマ字化計画があった
天上の花・蕁麻の家	萩原葉子	●萩原朔太郎の娘が描く鮮烈なる代表作2篇
海軍	獅子文六	●「軍神」をモデルに描いた海軍青春群像劇
若い人（上）	石坂洋次郎	●若き男女の三角関係を描いた〝青春文学〟の秀作
若い人（下）	石坂洋次郎	●教師と女学生の愛の軌跡を描いた秀作後篇

P+D BOOKS ラインアップ

終わりからの旅（上）	辻井 喬	●異母兄弟の葛藤を軸に、戦後史を掘り下げた大作
終わりからの旅（下）	辻井 喬	●異母兄弟は「失われた女性」を求める旅へ
ある女の遠景	舟橋聖一	●時空を隔てた三人の女を巡る官能美の世界
怒りの子	高橋たか子	●三人の女性の緊迫した〝心理劇〟は破局の道へ
三つの嶺	新田次郎	●三人の男女を通して登山と愛との関係を描く
硫黄島・あゝ江田島	菊村 到	●不朽の戦争文学「硫黄島」を含む短編集

P+D BOOKS ラインアップ

なぎの葉考・しあわせ	野口冨士男	●一会の女性たちとの再訪の旅に出かけた筆者
喪神・柳生連也斎	五味康祐	●剣豪小説の名手の芥川賞受賞作「喪神」ほか
金環蝕(上)	石川達三	●野望と欲に取り憑かれた人々を描いた問題作
孤絶	芹沢光治良	●結核を患った主人公は生の熱情を文学に託す
サムライの末裔	芹沢光治良	●被爆者の人生を辿り仏訳もされた〝魂の告発〟
貝がらと海の音	庄野潤三	●金婚式間近の老夫婦の穏やかな日々を描く

（お断り）

本書は1995年に新潮社より発刊された『芹沢光治良文学館2　夜毎の夢に』を底本としております。あきらかに間違いと思われるものについては訂正いたしましたが、基本的には底本にしたがっております。また、一部の固有名詞や難読漢字には編集部で振り仮名を振っています。

本文中には支那、支那娘、有色人種、女中、小作人、黒ん坊、下女、保母、看護婦、産婆、未亡人、人夫、朝鮮人、百姓、従者、毛唐、父なし子、乳母、下婢、下男、部落などの言葉や人種・身分・職業・身体等に関する表現で、現在からみれば、不当、不適切と思われる箇所がありますが、著者に差別的意図のないこと、時代背景と作品価値とを鑑み、著者が故人でもあるため、原文のままにしております。差別や侮蔑の助長、温存を意図するものでないことをご理解ください。

芹沢 光治良（せりざわ こうじろう）

1896年（明治29年）5月4日―1993年（平成5年）3月23日、享年96。静岡県出身。1965年『人間の運命』で第15回芸術選奨文部科学大臣賞を受賞。代表作に『巴里に死す』『愛と知と悲しみと』など。

P+D BOOKS とは

P+D BOOKS（ピー プラス ディー ブックス）とは
P+Dとはペーパーバックとデジタルの略称です。
後世に受け継がれるべき名作でありながら、現在入手困難となっている作品を、
B6判ペーパーバック書籍と電子書籍を、同時かつ同価格で発売・発信する、
小学館のまったく新しいスタイルのブックレーベルです。

孤絶

2021年4月13日　　初版第1刷発行

著者　芹沢光治良
発行人　飯田昌宏
発行所　株式会社　小学館
〒101-8001
東京都千代田区一ツ橋2-3-1
電話　編集　03-3230-9355
販売　03-5281-3555
印刷所　大日本印刷株式会社
製本所　大日本印刷株式会社
装丁　おおうちおさむ（ナノナノグラフィックス）

ISBN978-4-09-352414-8

P+D BOOKS